KB021505

인간 실격

▲

인간 실격

다자이 오사무

유숙자 옮김

▲

문학과지성사

옮긴이 유숙자

번역가. 지은 책으로 『재일한국인 문학연구』(학술원 우수학술도서), 『재일한인문학』(공저), 옮긴 책으로는 가와바타 야스나리의 『설국』 『손바닥 소설 1·2』 『명인』, 다자이 오사무의 『사양』 『만년』 『달려라 메로스』 『디 에센셜 다자이 오사무』, 나쓰메 소세키의 『행인』(대산문화재단 번역 지원), 『유리문 안에서』, 엔도 슈사쿠의 『깊은 강』, 오에 겐자부로의 『새싹 뽑기, 어린 짐승 쏘기』, 쓰시마 유코의 『「나」』, 김시종 시선집 『경계의 시』, 데이비드 조페티의 『처음 온 손님』, 사토 하루오의 『전원의 우울』, 가와무라 미나토의 『전후문학을 묻는다』 등이 있다.

문지 스펙트럼 세계 문학

인간 실격

제1판 제1쇄 2022년 11월 30일
제1판 제3쇄 2024년 9월 13일

지은이 다자이 오사무
옮긴이 유숙자
펴낸이 이광호
주간 이근혜
편집 박지현 홍근철
마케팅 이가은 허황 이지현 맹정현
제작 강병석
펴낸곳 ㈜문학과지성사
등록번호 제1993-000098호
주소 04034 서울 마포구 잔다리로7길 18 (서교동 377-20)
전화 02) 338-7224
팩스 02) 323-4180(편집) 02) 338-7221(영업)
대표메일 moonji@moonji.com
저작권 문의 copyright@moonji.com
홈페이지 www.moonji.com

ISBN 978-89-320-4095-0 03830

차례

일러두기

1. 이 책은 太宰治의 『人間失格』(新潮社, 1985)와 『太宰治全集10』(「인간 실격」 수록, 筑摩書房, 1999)를 저본으로 삼았다.
2. 인명, 지명 등 고유명사의 외래어 표기는 국립국어원 외래어 표기법에 따랐다.
3. 이 책의 각주는 모두 옮긴이 주이다.

서문

나는 그 남자의 사진을 세 장, 본 적이 있다.

한 장은 그 남자의 유년 시절이라고나 할까, 열 살 전후쯤으로 추정되는 사진이다. 그 아이가 여자들에게 둘러싸인 채, (이들은 아이의 누나, 여동생 그리고 사촌들로 짐작된다) 정원의 연못가에 성긴 줄무늬 하카마*를 입고 서서, 고개를 30도쯤 왼쪽으로 갸웃하고 밉살스레 웃고 있는 사진이다. 밉살스레? 하지만 둔감한 사람들(즉 미추美醜 따위에 관심이 없는 사람들)은 그저 심드렁한 표정으로,

"귀여운 도련님이네요."

이렇게 대충 입에 발린 말을 해도 딱히 공치사로는 들리지 않을 만큼, 이를테면 통속적인 '귀여움' 같은 그림자가 그 아이의 웃는 얼굴에 없는 건 아니지만, 조금이라도 미추에 대한 훈련을 거친 사람이라면 한눈에 보자마자,

* 일본 전통 의상으로 겉옷 하의. 넉넉하게 주름이 잡혀 있고 바지처럼 가랑이진 것이 보통이다.

"어머, 흉측한 아이잖아!"

몹시 언짢은 듯 중얼거리고, 송충이라도 털어낼 때와 같은 손놀림으로 그 사진을 내던질지도 모른다.

정말이지 그 아이의 웃는 얼굴은 유심히 보면 볼수록, 왠지 모르게 흉측하고 으스스한 것이 느껴진다. 애당초 이건 웃는 얼굴이 아니다. 이 아이는 조금도 웃고 있지 않다. 그 증거로, 이 아이는 양쪽 주먹을 단단히 쥐고 서 있다. 인간은 주먹을 단단히 쥔 채 웃을 수는 없다. 원숭이다. 원숭이가 웃는 얼굴이다. 단지 얼굴에 보기 흉한 주름을 잡고 있을 뿐이다. '쪼글쪼글 도련님'이라 부르고 싶을 만큼 참으로 기묘한, 그리고 어딘가 추잡스럽고 어쩐지 속이 메슥메슥해지는 표정의 사진이었다. 나는 지금껏 이토록 신기한 표정의 아이를 본 적이 한 번도 없다.

두번째 사진 속 얼굴, 이건 또 깜짝 놀랄 정도로 굉장히 변해 있었다. 학생 모습이다. 고등학교 시절 사진인지 대학 시절 사진인지 분명하진 않지만, 어쨌건 소스라치게 잘생긴 학생이다. 하지만 이것 또한 신기하게도 살아 있는 인간의 느낌은 없었다. 교복을 입고 가슴 주머니에 하얀 손수건을 살짝 내보인 채, 등의자에 다리를 꼬고 앉아 역시나 웃고 있다. 이번 웃는 얼굴은 쪼글쪼글 원숭이 웃음이 아닌 꽤 능숙한 미소이긴 한데, 그러나 인간의 웃음과는 어딘가 다르다. 피의 무게라고 할까 생명의 은근함이라고 할까, 그런 충

실감은 조금도 없이 그야말로 새처럼, 아니 깃털처럼 가벼이 그저 백지 한 장. 그렇게 웃고 있다. 즉 하나부터 열까지 꾸며낸 느낌이다. 아니꼽다는 말로는 부족하다. 경박하다고 해도 부족하다. 간들거린다고 해도 부족하다. 멋 부린다고 해도, 물론 부족하다. 게다가 유심히 보노라면, 역시 이 미모의 학생에게도 어딘가 괴담처럼 으스스한 것이 느껴진다. 나는 지금껏 이토록 신기한 미모의 청년을 본 적이 한 번도 없다.

다른 한 장의 사진이 가장 기괴하다. 도무지 나이를 가늠할 수 없다. 머리는 약간 백발인 듯하다. 엄청 지저분한 방(벽이 세 군데 남짓 허물어져 내린 게, 사진에 또렷이 찍혀 있다) 한구석에서 작은 화로에 두 손을 쬐며, 이번엔 웃지 않는다. 아무런 표정도 없다. 말하자면 앉아서 화로에 두 손을 쬐다가 자연스레 죽어 있는 듯한, 참으로 께름칙하고 불길한 냄새가 나는 사진이었다. 기괴한 것은 이뿐만이 아니다. 사진에는 얼굴이 비교적 크게 찍혀 있어 나는 찬찬히 그 얼굴 생김생김을 살필 수 있었는데, 이마는 평범, 이마의 주름도 평범, 눈썹도 평범, 눈도 평범, 코도 입도 턱도, 아아! 이 얼굴에는 표정만 없는 게 아니라 인상印象조차 없다. 특징이 없다. 예컨대 내가 이 사진을 보고 눈을 감는다. 이미 나는 이 얼굴을 잊어버렸다. 방 벽이며 작은 화로는 떠올릴 수 있지만, 그 방 주인공의 얼굴 인상은 스르르 안개처럼 흩어져 아무리 애써봐도 도저히 생각나지 않는다. 그림이 되지 않는 얼굴이다. 만화도 무엇도 되지 않는 얼굴이다. 눈을 뜬다. 아! 이런 얼굴이었나? 생각났어! 이런 기쁨조차 없다. 극단적으로 표현하자면, 눈을 떠 그 사진을 거듭 봐도 생각나지 않는다. 그러고는 단지 불쾌감. 안절부절못해 그만 눈길을 돌리고 싶어진다.

이른바 '죽은 얼굴'이라는 것에도 무슨 표정이나 인상 같은 게 있는 법인데, 인간의 몸에 짐 끄는 말 대가리라도 갖다 붙이면 이런 느낌이 들려나? 아무튼 어딘지 모르게 보는 사람을 오싹하게 만들고 기분을 언짢게 한다. 나는 지금껏 이토록 신기한 남자의 얼굴을 본 적이, 역시 한 번도 없다.

첫번째 수기

부끄럼 많은 생애를 보냈습니다.

저는 인간의 생활이라는 게, 짐작이 안 됩니다. 도호쿠東北의 시골에서 태어난 터라, 제가 기차를 처음 본 건 꽤 성장하고 나서였습니다. 저는 정거장 육교를 오르락내리락하면서도 그게 선로를 건너가기 위해 만들어졌다는 사실은 전혀 알아채지 못한 채, 그건 단지 정거장 구내를 외국 놀이터처럼 복잡하고 즐겁게, 오직 멋 부리기 위해 설비된 거라고만 생각했습니다. 게다가 상당히 오랫동안 그렇게 생각했습니다. 육교를 오르내리는 것은 제겐 되레 무지무지 세련된 유희이고, 철도 서비스 중에서도 가장 재치 있는 서비스의 하나라고 생각했는데, 나중에 그게 단지 승객이 선로를 건너가기 위한 대단히 실리적인 계단에 불과하다는 걸 발견하고는 단박에 흥이 깨졌습니다.

또 저는 어릴 적 그림책에서 지하 철도라는 걸 보고 이것 역시 실리적인 필요에서 고안된 게 아니고, 지상에서 차를 타기보다 지하에서 차를 타는 편이 별스럽고 재미난 놀이니까, 이렇게만 생각했습니다.

저는 어릴 적부터 병약한 탓에 자주 몸져누웠는데, 누워서 욧잇, 베갯잇, 이불잇을 도무지 쓸모없는 장식이라 여겼다가, 그게 뜻밖에 실용품이라는 사실을 스무 살 즈음에야 알고는 인간의 알뜰함에 암담해지고 슬퍼졌습니다.

또한 저는 공복감이라는 걸 알지 못했습니다. 아니, 이건 제가 의식주에 궁하지 않은 집에서 자랐다는 의미가 아니라, 그런 멍청한 의미가 아니라, 저는 '공복'이라는 감각이 어떤 것인지 도통 이해하지 못했습니다. 이상한 표현이지만, 배가 고픈데도 그걸 스스로 깨닫지 못했습니다. 초등학교, 중학교 때 학교에서 돌아오면 주위 사람들이, 저런! 배고프겠네? 우리도 그랬거든. 학교에서 돌아왔을 때 느끼는 공복은 정말 못 참지! 달콤한 콩과자 어때? 카스텔라, 그리고 빵도 있어. 이렇듯 떠들썩대는 터라, 저는 타고난 아첨 정신을 발휘해, 배고파! 중얼거리며 콩과자를 열 알쯤 입에 던져 넣지만, 공복감이라는 게 어떤 건지 전혀 이해하지 못했습니다.

저 역시 물론 많이 먹습니다만, 공복감에서 무얼 먹은 기억은 거의 없습니다. 진기하다고 여기는 걸 먹습니다. 호화롭다고 여기는 걸 먹습니다. 또한 남의 집에 가서 대접받은 것도, 억지로나마 대개 먹습니다. 그리고 어릴 적 제게 가장 고통스러웠던 시간은, 실로 우리 집 식사 시간이었습니다.

제 시골집에서는 열 명 남짓한 가족 전부, 제각기 밥상을 두 줄로 마주 보게 늘어놓았는데, 막내인 저는 당연히 가장 아랫자리였습니다. 식사하는 방은 어둠침침했고, 점심때면 십여 명의 가족이 그저 묵묵히 밥을 먹는 모습에 저는 언제나 오싹함을 느꼈습니다. 더구나 시골의 완고한 집안인 탓에 반찬도 대개 정해져 있어 진기한 것, 호화로운 것, 이런 건 아예 바랄 수조차 없었기에 더욱더 식사 시간은 제게 공포스러웠습니다. 저는 그 어둠침침한 방 끄트머리에서 추위에 덜덜 떠는 심정으로 밥을 조금씩 입으로 가져가 억지로 밀어 넣으며, 인간은 어째서 하루에 세 끼씩 밥을 먹는 걸까? 정말이지 다들 엄숙한 표정으로 먹고 있네. 이것도 일종의 의식 같은 거라, 가족이 하루에 세 번 시간을 정해 어둠침침한 방 하나에 모여 밥상을 차례대로 늘어놓고, 먹고 싶지 않아도 말없이 밥을 씹으면서 고개를 숙인 채, 온 집 안에 꿈틀거리는 혼령들에게 기도하기 위해서인지도 몰라. 이렇게까지 생각한 적이 있을 정도입니다.

밥을 먹지 않으면 죽는다,라는 말은 제 귀엔 그저 불쾌한 위협으로밖에 들리지 않았습니다. 그 미신은 (지금도 제겐 어쩐지 자꾸만 미신처럼 여겨질 뿐입니다만) 늘 제게 불안과 공포를 가져왔습니다. 인간은 밥을 먹지 않으면 죽는다, 그러니까 일해서 밥을 먹어야만 한다,라는 말만큼 제게 난해하고 난삽한, 그리고 협박 같은 울림을 느끼게 하는 말은 없었습니다.

즉 저는 인간 생활의 영위라는 걸 여전히 아무것도 이해하지 못한다,라는 셈이 되겠습니다. 제 행복 관념과 세상 모든 사람의 행복 관념이 완전히 어긋나 있는 듯한 불안. 저는 그 불안 때문에 밤마다 이리저리 뒤척이고 신음하며 거의 발광 지경에 이른 적도 있습니다. 저는 대체, 행복한 걸까요? 저는 어릴 적부터 참으로 빈번히, 행복한 사람이라는 말을 들어왔지만, 저 자신은 늘 지옥에 사는 느낌이고, 오히려 저를 행복한 사람이라고 말한 사람들이 아예 비교도 안 될 만큼 훨씬 더 안락한 것처럼 보입니다.

저한테는 재앙 덩어리가 열 개 있어서 그중 하나라도 이웃 사람이 짊어진다면, 그 하나만으로도 충분히 이웃의 목숨을 앗아버리는 게 아닐까, 생각한 적도 있습니다.

즉, 이해가 되지 않습니다. 이웃이 겪는 괴로움의 성질이며 정도가 도무지 가늠이 안 됩니다. 프랙티컬*한 괴로움, 그저 밥을 먹을 수 있으면 절로 해결되는 괴로움, 하지만 이것이야말로 가장 강력한 고통이고, 내가 가진 열 개의 재앙 따윈 휙 날아가버릴 만큼 처참한 아비지옥일지도 몰라. 그건 알 수 없어. 하지만 그런 셈 치곤 용케 자살하지도 않고, 발광도 하지 않고, 정당을 논하고, 절망하지 않고 굴복하지

* practical. 실용적. 실제적.

않고 생활의 투쟁을 지속하잖아. 괴롭지 않은 거 아냐? 완전히 에고이스트가 되어, 더구나 그걸 당연한 일이라 확신하고, 한 번도 자신을 의심해본 적 없는 거 아냐? 그렇다면 편하지. 하지만 인간이란 다들 그러하며 또 그걸로 더할 나위 없는 만점이 아닐까? 모르겠어…… 밤엔 잠을 푹 자고 아침엔 상쾌할까? 어떤 꿈을 꿀까? 길을 걸으며 무슨 생각을 할까? 돈? 설마, 그게 다는 아닐 테지. 인간은 밥을 먹기 위해 살고 있다,라는 이야기는 들은 적이 있는 듯한데 돈을 위해 살고 있다,라는 말은 들은 적이 없어. 아니, 그런데 어쩌면…… 아니, 이것도 모르겠어…… 생각하면 할수록 저는 이해할 수 없게 되고, 저 혼자 정말이지 별난 것 같은 불안과 공포에 사로잡힐 뿐입니다. 저는 이웃 사람과 전혀 대화를 나눌 수 없습니다. 무얼 어떻게 말하면 좋을지, 모르겠습니다.

그래서 생각해낸 것이 익살이었습니다.

그것은 저의, 인간에 대한 마지막 구애였습니다. 저는 인간을 극도로 두려워하면서, 그런데도 인간을 도저히 단념할 수 없었던 모양입니다. 그리하여 저는 이 익살이라는 줄 하나로 간신히 인간과 연결될 수 있었습니다. 겉으로는 끊임없이 웃는 표정을 지으면서도 속으로는 필사적인, 그야말로 천 번에 한 번 가까스로 이루어질 법한 위기일발, 진땀 나는 서비스였습니다.

저는 어릴 적부터, 심지어 제 가족을 대하면서도 그들이 얼마나 괴롭고 또 무슨 생각을 하며 살고 있는지 도통 가늠이 되지 않아 그저 두렵고, 그 어색함을 견딜 수 없다 보니 어느새 능숙한 익살꾼이 되어 있었습니다. 즉 저는 어느 틈엔가, 한마디도 진실을 이야기하지 않는 아이가 되었습니다.

그 무렵 가족과 함께 찍은 사진을 보면, 다른 사람들은 모두 진지한 표정인데 저 혼자, 어김없이 기묘하게 얼굴을 일그러뜨린 채 웃고 있습니다. 이 또한 저의 어리고 슬픈 익살의 일종이었습니다.

또 저는 부모 형제에게 무슨 말을 듣고도 말대꾸를 한 적이 한 번도 없었습니다. 그 사소한 꾸지람이 제겐 벼락마냥 세차게 느껴져 미칠 것만 같았습니다. 말대꾸는커녕 그 꾸지람이야말로, 이를테면 영원불변 이어져온 인간의 '진리'라는 게 틀림없어. 내겐 그 진리를 행할 힘이 없으니 더 이상 인간과 함께 살 수 없는 건 아닐까, 하고 굳게 믿어버렸습니다. 그래서 저는 말다툼도 자기변명도 하지 못했습니다. 남한테 나쁜 말을 들으면 너무나 당연하게 나 자신이 몹시 잘못 생각한 듯한 기분이 들어, 언제나 그 공격을 잠자코 받아들이고 속으로는 미칠 정도로 공포를 느꼈습니다.

그야 누구든 남이 비난하거나 화를 내면 기분이 좋을 리는 없겠습니다만, 저는 화내는 인간의 얼굴에서 사자보다 악어보다 용보다도 한결 무시무시한 동물의 본성을 봅니다.

평소엔 그 본성을 감추고 있는 것 같지만, 기회를 봐서, 예를 들면 소가 초원에서 한가로이 누워 있다가 대뜸 꼬리로 찰싹! 뱃가죽의 등에를 때려잡듯이, 느닷없이 인간의 무서운 정체가 분노로써 폭로되는 모습을 보고, 저는 늘 머리카락이 곤두설 만큼 전율을 느꼈습니다. 이 본성 또한 인간이 살아가는 자격 가운데 하나일지도 모른다고 생각하면, 그야말로 나 자신에게 절망을 느꼈습니다.

인간을 대하며 늘 공포로 부들부들 떨고 또한 인간으로서 자신의 언동에 티끌만큼도 자신감을 갖지 못한 채, 저 한 사람의 번민은 가슴속 작은 상자에 감추고, 그 우울과 긴장감을 끝까지 숨기고 숨겨, 오로지 천진난만한 낙천성을 가장하면서 저는 익살맞은 괴짜로 차츰 완성되어갔습니다.

뭐든 괜찮으니까 웃기기만 하면 돼. 그러면 인간들은 내가 그들의 이른바 '생활' 바깥에 있어도 그다지 그걸 신경 쓰지 않을 테지. 아무튼 그 인간들에게 거슬리는 방해물이 되어선 안 돼. 나는 무無야. 바람이야. 하늘이야. 이러한 생각만 쌓여 저는 익살로 가족을 웃기고, 또한 가족보다 훨씬 이해하기 힘들고 두려운 하인과 하녀에게까지 필사적인 익살을 서비스했습니다.

저는 여름날 유카타* 안에 빨간 털스웨터를 입고 복도를

* 浴衣. 목욕 후 또는 여름철에 평상복으로 입는 긴 무명 홑옷.

걸어 다녀, 집안사람들을 웃겼습니다. 좀처럼 웃지 않는 큰 형도 그걸 보고 웃음을 터뜨리며,

"요짱! 그거 안 어울려."

귀여워 죽겠다는 투로 말했습니다. 뭐, 아무리 그렇더라도, 제가 한여름에 털스웨터를 입고 다닐 만큼, 더위 추위를 모르는 괴짜는 아닙니다. 누나의 레깅스*를 두 팔에 끼워 유카타 소맷부리 밖으로 비쭉 나오게 해서, 마치 스웨터를 입고 있는 듯 꾸며 보인 것입니다.

아버지는 도쿄에 볼일이 많은 사람인지라 우에노上野 사쿠라기초에 별장을 마련해, 한 달의 대부분은 도쿄의 그 별장에서 지냈습니다. 그리고 돌아올 때는 가족이며 친척들에게까지 참으로 엄청난 선물을 사 오는 게 뭐랄까, 아버지의 취미 같은 것이었습니다.

언젠가 아버지는 상경하기 전날 밤 아이들을 응접실에 모아놓고, 이번에 돌아올 때는 어떤 선물이 좋으니? 한 사람 한 사람에게 웃으며 물어보고, 그에 대한 아이들의 대답을 일일이 수첩에 적었습니다. 아버지가 이처럼 아이들을 다정스레 대하는 건 드문 일이었습니다.

"요조는?"

* 각반脚絆. 걸음을 걸을 때 가뜬하도록 발목에서 무릎 아래까지 매는 헝겊 띠.

이 질문에 저는 우물쭈물하고 말았습니다.

뭘 갖고 싶어? 질문받는 그 순간, 아무것도 갖고 싶지 않게 되었습니다. 아무려면 어때. 어차피 나를 즐겁게 해주는 것 따윈 없어,라는 생각이 언뜻 스칩니다. 그와 동시에 남이 주는 것이 아무리 제 취향에 맞지 않아도, 그걸 거절하지도 못했습니다. 싫은 걸 싫다고 말하지 못하고, 또 좋아하는 것도 머뭇머뭇 훔치듯 극도의 씁쓸함만 맛볼 뿐, 그러고는 이루 말할 수 없는 공포감에 몸부림쳤습니다. 즉 제겐 양자택일할 힘조차 없었습니다. 이것이 훗날, 마침내 저의 이른바 '부끄럼 많은 생애'의 중대한 원인이기도 한 성벽의 하나였다고 생각됩니다.

제가 말없이 주저주저한 탓에 아버지는 조금 언짢아진 얼굴로,

"역시 책이냐? 아사쿠사 상점가에서 설날 사자춤의 사자탈, 아이가 쓰고 놀기에 딱 알맞은 걸 팔던데, 갖고 싶지 않아?"

갖고 싶지 않아? 이 질문을 들으면, 이제 다 틀렸습니다. 익살맞은 대답이고 뭐고 할 수가 없습니다. 익살꾼은 완전히 낙제였습니다.

"책이 좋겠지요."

큰형이 진지한 낯으로 말했습니다.

"그래?"

아버지는 흥이 깨진 표정으로 수첩에 적지도 않은 채 탁, 하고 수첩을 덮었습니다.

이 무슨 실수! 난 아버지를 화나게 했어. 아버지의 복수는 분명 무시무시할 테지. 당장 어떻게든 돌이킬 수 없을까? 그날 밤 이불 속에서 부들부들 떨면서 생각하다, 살그머니 일어나 응접실로 가서, 아버지가 아까 수첩을 치워둔 책상 서랍을 열고, 수첩을 꺼내 훌훌 넘기며 선물 내용이 적힌 곳을 찾아, 수첩용 연필에 침을 바르고는 '사자춤,' 이렇게 쓰고 잤습니다. 저는 그 사자춤의 사자탈을 전혀 갖고 싶지 않았습니다. 오히려 책이 더 나을 정도였습니다. 하지만 저는 아버지가 그 사자탈을 제게 사주고 싶어 한다는 걸 깨닫고, 고분고분 아버지의 의향에 따라 아버지의 기분을 풀어드리고픈 마음만으로, 한밤중 응접실에 몰래 들어가는 모험을 굳이 벌였던 것입니다.

그리고 이러한 저의 비상수단은 과연 생각한 대로 대성공을 거두어 보답받았습니다. 이윽고 아버지가 도쿄에서 돌아와 어머니에게 큰 소리로 말하는 것을, 저는 제 방에서 듣고 있었습니다.

"상점가 장난감 가게에서 이 수첩을 펼쳤더니, 이거 봐! 여기, 사자춤, 이렇게 쓰여 있잖아? 이건 내 글씨가 아냐. 이상한데? 싶어 고개를 갸우뚱하다, 생각이 나더군. 이건 요조의 장난질이야. 그 녀석은 내가 물어볼 때는 히죽거리며 잠자코 있더니, 뒤늦게 어떡해서든 사자탈을 갖고 싶어 참을 수 없었던 거지. 하여튼, 아무래도 좀 별난 녀석이니까 말이야. 시치미 뚝 떼고, 떡하니 써놨더군. 그렇게 갖고 싶거든 그렇다고 말을 하면 될 텐데. 난 장난감 가게 앞에서 웃고 말았어. 요조를 어서 불러요."

한편 저는 하인과 하녀들을 서양식 방에 모아놓고 하인 한 사람에게 엉망진창으로 피아노 건반을 두드리게 시키고, (시골이긴 했지만, 그 집에는 대체로 물건이 갖춰져 있었습니다) 그 엉터리 곡에 맞춰 인디언 춤을 춰 보이며 모두를 실컷 웃겼습니다. 둘째 형은 플래시를 터뜨리고 제 인디언 춤을 촬영했는데, 인화된 사진을 보니 허리에 두른 천(그건 사라사 보자기였습니다) 이음매 사이로 쪼그만 고추가 보이는 바람에, 이것 또한 온 집안사람의 큰 웃음거리가 되었습니다. 제겐 이것도 뜻밖의 성공이라 할 수 있을지 모르겠습니다.

저는 매달 신간 소년 잡지를 열 권이나 넘게 구독하고 그 밖에도 다양한 책을 도쿄에서 주문해 말없이 읽고 있었기에 '엉망진창 박사'니 '뭐야뭐야 박사'들과는 아주 친숙한 데다 괴담, 야담, 만담, 에도江戶 재담 같은 종류도 상당히 꿰뚫고 있었으니까, 우스꽝스러운 이야기를 진지한 낯으로 늘어놓아 가족을 웃기는 데는 부족함이 없었습니다.

그러나 아아! 학교!

저는 그곳에서 막 존경받는 형편이었습니다. 존경받는다

는 관념 또한 저를 몹시 겁먹게 했습니다. 거의 완벽에 가깝게 남을 속이다가 어느 전지전능한 사람에게 간파당해 산산조각이 나고 죽음 이상으로 된통 창피를 당하는 것, 이것이 '존경받는다'라는 상태에 대한 저의 정의였습니다. 인간을 속이고 '존경받는다' 해도 누군가 한 사람은 알고 있다, 그리고 인간들도 마침내 그 한 사람이 알려줘서 속았다는 걸 깨달았을 때, 그때 인간들의 분노, 복수는 대체 어떠할까요. 상상만 해도 소름 끼치는 느낌입니다.

저는 부잣집에서 태어나서라기보다, 속된 말로 '공부가 좀 되는' 걸로 학교 전체에서 존경을 얻게끔 되었습니다. 저는 어릴 적부터 병약해서 툭하면 한 달 두 달, 또 거의 한 학년을 몸져누워 학교를 쉰 적도 있는데, 그래도 병상에서 갓 일어난 몸으로 인력거를 타고 학교에 가 기말시험을 보면 우리 반 그 누구보다 이른바 '공부가 좀 되어' 있는 식이었습니다. 몸 상태가 좋을 때도 저는 제대로 공부하지 않았고, 학교에 가서도 수업 시간에 만화 따위를 그리거나 쉬는 시간에는 그걸 반 친구들에게 설명해가며 웃겼습니다. 또한 작문에는 우스꽝스러운 이야기만 써서 선생님에게 주의를 받았는데, 그래도 저는 그만두지 않았습니다. 선생님이 사실 슬며시 저의 그 우스꽝스러운 이야기를 기대하고 있다는 걸, 저는 알고 있었기 때문입니다. 어느 날 저는 여느 때처럼 어머니를 따라 상경하는 기차에서, 객차 통로에 있는 타구에 오줌을 누어버린 실수담(하지만 그때 저는 그게 가래나 침을 뱉는 그릇인 줄 몰라서 그랬던 게 아닙니다. 아이의 천진난만함을 뽐내며 일부러 그런 것입니다)을, 일부러 슬픈 필치로 써서 제출했습니다. 선생님이 틀림없이 웃는다,라는 자신이 있었기에 교무실로 향하는 선생님을 몰래 뒤따라갔더니, 선생님은 교실을 나서자마자 제 작문을 반 친구들의 여러 작문 가운데서 골라내 복도를 걸으며 읽기 시작해 킥킥 웃다가, 이윽고 교무실에 들어가 마저 읽었는지 얼굴이 새빨개지도록 크게 소리 내어 웃고는, 다른 선생님에게 바로 그걸 읽게 하는 모습을 지켜보면서, 저는 무척 만족스러웠습니다.

장난꾸러기.

저는 이른바 장난꾸러기로 보이는 데 성공했습니다. 존경받는 것에서 벗어나는 데 성공했습니다. 성적표는 모든 과목이 죄다 10점이었지만 품행에서만 7점이다가 6점이다가 해서, 이것 역시 온 집안의 큰 웃음거리가 되었습니다.

하지만 제 본성은 그런 장난꾸러기와는 도무지 정반대였습니다. 그 무렵 이미 저는, 하녀나 하인들로부터 슬픈 일을 배웠고, 더럽혀졌습니다. 어린 사람에게 그런 짓을 저지르는 것은 인간이 저지를 수 있는 범죄 가운데 가장 추악하고 저속하고 잔혹한 범죄라고, 저는 이제야 생각합니다. 그러나 저는 참았습니다. 이것으로 또 한 가지, 인간의 특성을 본 것 같은 기분조차 들어 힘없이 웃었습니다. 만약 제게 진실을 말하는 습관이 배어 있었다면, 주눅 들지 않고 그들의 범죄를 아버지나 어머니에게 호소할 수 있었을지도 모르지만, 저는 아버지나 어머니마저 전부를 이해하지 못했습니다. 인간에게 호소한다. 저는 이 수단에는 조금도 기대할 수 없었습니다. 아버지에게 호소해도, 어머니에게 호소해도, 경찰에게 호소해도, 정부에 호소해도 결국은 처세에 능한 사람이 세상 사람들 입맛에 맞게 불평을 떠들어댈 뿐이지 않을까?

필시 공평하지 못할 게 뻔해. 어차피 인간에게 호소하는 건 헛일이야. 저는 여전히 진실은 아무것도 말하지 않은 채 참고, 그러면서 계속 익살을 부리는 수밖에 없는 심정이었습니다.

뭐야! 인간에 대한 불신을 말하는 건가? 호오! 넌 언제 크리스천이 된 거야? 조소하는 사람도 어쩌면 있을지 모르겠습니다. 하지만 인간에 대한 불신이 반드시 곧 종교의 길로 통하는 건 아니라고, 저는 생각합니다만. 실제로 그 조소하는 사람을 포함해 인간은 **서로의 불신 속에서** 여호와든 뭐든 염두에 두지 않고 태연히 살고 있지 않습니까? 역시나 제 어린 시절 이야기입니다만, 아버지가 속한 어느 정당의 유명 인사가 이 동네에 연설하러 왔기에 그걸 들으러, 저는 하인들을 따라 극장에 갔습니다. 만석이었는데 이 동네, 특히 아버지와 친하게 지내는 사람들의 얼굴이 다들 보였고, 크게 박수를 치기도 했습니다. 연설이 끝나고 청중은 눈 쌓인 밤길을 삼삼오오 뭉쳐 집으로 돌아오면서, 마구잡이로 오늘 밤 연설회의 험담을 늘어놓았습니다. 그중에는 아버지와 특히 친한 사람의 목소리도 섞여 있었습니다. 아버지의 개회사도 어설프고, 그 유명 인사의 연설도 뭐가 뭔지 통 알아들을 수가 없더라고, 이른바 아버지의 그 '동지들'이 흡사 성난 목소리로 말했습니다. 그리고 그 사람들은 우리 집에 들러 응접실로 들어서자, 오늘 밤 연설회는 대성공이었네! 진심으로 기쁜 얼굴로 아버지에게 말했습니다. 오늘 밤 연설회는 어땠어? 어머니의 질문에 하인들마저, 아주 재미있었어요, 하고 천연스러운 모습이었습니다. 연설회만큼 재미없는 건 없다고, 돌아오는 내내 하인들이 서로 분개했었는데.

그러나 이런 건 그저 사소한 일례에 지나지 않습니다. 서로 속이면서, 더구나 어느 한쪽도 신기하게 아무 상처도 입지 않고, 서로 속이고 있다는 사실조차 깨닫지 못하는 듯한, 참으로 산뜻한, 그야말로 맑고 밝고 명랑한 불신의 예가 인간 생활에 충만해 있다고 여겨집니다. 하지만 저는 서로 속이고 있다는 사실에는 그다지 특별한 흥미도 없습니다. 저 역시 익살로 아침부터 밤까지 인간을 속이고 있거든요. 저는 도덕 교과서적인 정의니 뭐니 하는 도덕에는 별로 관심이 없습니다. 저는 서로 속이고 있으면서 **맑고 밝고 명랑하**

게 살고 있는, 혹은 살아갈 수 있는 자신감을 지닌 듯한 인간이 난해합니다. 인간은 끝내 제게 그 오묘한 진리를 가르쳐주지 않았습니다. 그것만 알았더라면, 제가 인간에 대해 이토록 공포를 느끼고 또 필사적인 서비스 따윈 하지 않아도 되었을 텐데. 인간의 생활과 대립하고 말아, 밤마다 이토록 지옥의 괴로움을 겪지 않아도 되었을 텐데. 즉 제가 하인 하녀들의 증오스러운 그 범죄조차 아무한테도 호소하지 않은 것은, 인간을 불신해서가 아니고, 물론 그리스도주의主義 때문도 아니고, 인간이 저 요조에 대해 신용의 껍질을 굳게 닫고 있었기 때문이라고 생각합니다. 부모님조차 제게 난해한 구석을, 이따금 보이기도 했으니까요.

그리고 아무한테도 호소하지 않는 저의 그 고독한 냄새를 수많은 여성이 본능적으로 맡게 되면서, 훗날 이런저런 일에 제가 휘말리게 되는 요인의 하나가 된 듯한 느낌입니다.

즉 저는 여성에게, 사랑의 비밀을 지키는 남자였던 셈입니다.

두번째 수기

바다 물결이 넘실대는 곳,이라고 해도 좋을 만큼 바다 가까운 해안가에, 껍질이 새까맣고 꽤 큼직한 산벚나무가 스무 그루 이상 죽 늘어서서, 새 학년이 시작되면 진득진득한 갈색 어린잎과 더불어 푸른 바다를 배경으로 현란한 꽃을 피우고, 이윽고 꽃보라가 흩날릴 때는 꽃잎이 어마어마하게 바다로 떨어져 내려 물 위를 아로새긴 채 떠다니다, 파도에 실려 또다시 물가로 되밀려오는 그 벚꽃 모래사장이 고스란히 교정으로 사용되는 도호쿠의 어느 중학교에, 저는 시험공부도 제대로 하지 않았는데 그럭저럭 무사히 입학했습니다. 그리고 그 중학교 모자의 배지에도, 교복 단추에도 벚꽃이 도안되어 피어 있었습니다.

그 중학교 바로 근처에 우리 집과 먼 친척뻘 되는 사람의 집이 있었기 때문에, 그런 이유로 아버지는 바다와 벚꽃이 있는 중학교를 제게 골라주었습니다. 저는 그 집에 맡겨져, 어차피 학교가 코앞인지라 조례 종이 울리는 걸 듣고 나서야 뛰어가 등교하는 꽤 게으른 중학생이었습니다만, 그래도 그 익살로써 나날이 반에서 인기를 더해갔습니다.

태어나서 처음, 말하자면 타향으로 나온 것인데, 제겐 그 타향이 제가 태어난 고향보다도 훨씬 홀가분한 장소처럼 여겨졌습니다. 그건 저의 익살도 그 무렵엔 마침내 몸에 딱 배어, 남을 속이느라 예전만큼 고생할 필요가 없어졌기 때문이라고 해석할 수도 있겠지만, 그보다 부모 형제와 타인, 고향과 타향, 여기에는 어쩔 수 없이 연기의 난이도 차이가, 그 어떤 천재에게도, 가령 신의 아들 예수에게도 존재하는 게 아닐까요? 배우에게 가장 연기하기 힘든 장소는 고향의 극장이고, 더구나 모든 일가친척이 한자리에 모여 앉아 있는 방 안에선 어떤 명배우인들 제대로 연기할 수 없지 않을까요? 그렇지만 저는 연기해왔습니다. 게다가 상당한 성공을 거두었습니다. 여간 보통내기가 아니어서, 타향으로 나와 만에 하나라도 서툰 연기를 보일 턱이 없습니다.

저의 인간 공포는 예전에 비해 더 심하면 심했지 덜하지 않아 가슴 밑바닥에서 격렬하게 꿈틀대고 있었지만, 연기 실력은 그야말로 쭉쭉 늘어 교실에서 언제나 반 친구들을 웃겼고, 선생님도 이 반은 오바大庭만 없으면 아주 좋은 반인데, 하고 탄식을 늘어놓으면서도 손으로 입을 가리고 웃었습니다. 저는 심지어 천둥처럼 고래고래 소리를 내지르는 배속장교까지, 아주 손쉽게 웃음을 터뜨리게 할 수 있었습니다.

이젠 내 정체가 완전히 은폐되지 않았을까. 막 한숨 놓으려는 바로 그때, 저는 참으로 뜻밖에도 등 뒤에서 깊이 찔렸습니다. 등 뒤에서 찌르는 남자가 대개 그러하듯 반에서 가장 빈약한 체구에 얼굴도 푸르뎅뎅하니 부었고, 분명 아버지나 형이 입었음 직한, 낡은 옷소매가 쇼토쿠 태자* 소맷자락처럼 치렁치렁한 윗옷을 입고, 공부는 도통 안되고, 교련이나 체육 시간이면 늘 견학만 하는 백치나 다름없는 학생이었습니다. 아무리 저라도, 그 학생까지 경계할 필요는 느끼지 못했던 것입니다.

그날 체육 시간에 그 학생(성은 지금 기억나지 않는데 이름은 다케이치였던 것 같습니다) 다케이치는 평소대로 견학, 우리는 철봉 연습을 하고 있었습니다. 저는 일부러 가능한 한 엄숙한 표정으로 철봉을 향해 에잇! 소리치며 뛰어올랐다가, 그대로 멀리뛰기처럼 앞쪽으로 튀어 나가 모래땅에 쿵! 엉덩방아를 찧었습니다. 죄다 계획적인 실패였습니다. 역시나 다들 폭소를 터뜨렸고, 저도 쓴웃음을 지으며 일어나 바지에 묻은 모래를 털고 있자니, 언제 거기 와 있었는지 다케이치가 제 등을 쿡쿡 찌르며 나직이 이렇게 속삭였습니다.

"일부러, 일부러 그랬지?"

* 聖德太子(574~622). 일본에 불교를 보급시키고 관료제의 기초를 세웠다.

저는 와들와들 떨었습니다. 일부러 실패했다는 사실을 다른 사람도 아닌 다케이치가 꿰뚫어 보다니, 전혀 생각지도 못한 일이었습니다. 저는 세상이 순식간에 지옥의 불길에 휩싸여 불타오르는 걸 눈앞에서 보는 느낌이 들어, 와악! 소리치며 발광할 듯한 낌새를 필사적인 힘으로 억눌렀습니다.

그 후 하루하루, 저의 불안과 공포.

겉으로는 변함없이 슬픈 익살을 부리며 모두를 웃기고 있었지만, 저도 모르게 불쑥 답답한 한숨이 터져 나왔습니다. 무얼 하든 모조리 다케이치에게 속속들이 간파당하고, 그 녀석이 이제 곧 이 사람 저 사람 할 것 없이 그 얘길 퍼뜨리고 다닐 게 틀림없다고 생각하니, 이마에 흥건히 진땀이 솟고 미치광이처럼 이상한 눈빛으로 주위를 흘끔흘끔 허무하게 둘러보기도 했습니다. 가능하다면 아침·낮·밤, 스물네 시간 내내 다케이치 곁을 떠나지 않은 채 그가 무심결에 비밀을 입 밖에 내지 않도록 감시하고 싶은 심정이었습니다. 그리고 제가 그에게 착 달라붙어 있는 동안, 저의 익살은 이른바 '일부러'가 아니라 진짜였다는 식으로 생각하게끔 온갖 노력을 기울이고, 잘만 되면 그와 둘도 없는 친구가 되고 말아야지, 만약 그게 죄다 불가능하다면 이젠 그의 죽음을 간절히 바라는 것 말고는 없어, 이렇게까지 골똘히 생각했습니다. 그런데 과연 그를 죽여야겠다는 생각만은 일지 않았습니다. 저는 지금까지의 삶에서 남에게 죽임을 당하고 싶다고 소망한 적은 몇 번인가 있었습니다만, 남을 죽이고 싶다고 생각한 적은 한 번도 없었습니다. 그건 무시무시한 상대에게, 도리어 행복을 가져다줄 뿐이라고 생각했기 때문입니다.

저는 그를 길들이기 위해 우선 얼굴에 사이비 크리스천 같은 '상냥한' 거짓 웃음을 띠고, 고개를 30도쯤 왼쪽으로 기울여 그의 자그만 어깨를 가볍게 껴안으며, 기분 좋은 고양이 소리마냥 간드러진 달콤한 목소리로, 제가 하숙하고 있는 집으로 놀러 오라고 그를 자주 꾀었습니다만, 그는 언제나 멍한 눈빛으로 잠자코 있었습니다. 그런데 어느 날 방과 후, 분명 초여름 무렵이었습니다. 소나기가 뿌옇게 내려 학생들이 귀가를 못 하고 어쩔 바를 모르는데, 저는 집이 코앞이라 태연히 밖으로 뛰어나가려다, 얼핏 신발장 뒤에 다케이치가 풀 죽은 채 서 있는 걸 발견하고 말했습니다. 가자! 우산을 빌려줄게. 머뭇머뭇하는 다케이치의 손을 잡아끌어, 함께 소나기 속을 달려 집에 도착했습니다. 두 사람의 윗옷을 아주머니에게 말려달라고 부탁하고, 다케이치를 2층 제 방으로 끌어들이는 데 성공했습니다.

그 집에는 쉰 살 넘은 아주머니와 서른 남짓에 안경을 쓰고 병약해 보이는 키 큰 누나(이 딸은 한 번 시집을 갔다가 다시 집으로 돌아와 있었습니다. 저는 이 사람을 이곳 식구들처럼 언니라고 불렀습니다), 그리고 최근 여학교를 갓 졸업한 듯한, 언니와 달리 키가 작고 얼굴이 동그스름한 셋짱이라는 여동생, 이렇게 가족이 셋뿐이었습니다. 아래층 가게에는 문방구며 운동용품을 다소 늘어놓긴 했지만, 주된 수입은 돌아가신 주인이 직접 지어 남긴 대여섯 채 단층 주택의 집세인 것 같았습니다.

"귀가 아파."

다케이치는 선 채로 이렇게 말했습니다.

"비에 젖으니까, 아파졌어."

제가 봤더니, 양쪽 귀가 심하게 곪아 있었습니다. 당장에라도 고름이 귀 바깥으로 흘러나올 참이었습니다.

"이거 큰일 났다! 아프지?"

저는 호들갑스레 깜짝 놀란 척하며,

"빗속으로, 마구 끌어내서 미안해."

여자 같은 말투로 '상냥하게' 사과하고는 아래층으로 내려가 솜과 알코올을 받아 와서, 다케이치를 제 무릎베개에다 눕히고 정성껏 귀 청소를 해주었습니다. 다케이치도 여간해선 이것이 위선적인 계획이라는 걸 알아차리지 못한 듯,

"너한테, 틀림없이, 여자들이 반할 거야."

제 무릎베개에 누운 채 무식한 입발림 소리를 했을 정도입니다.

하지만 이건 어쩌면 그 다케이치도 의식하지 못했을 만큼 무서운 악마의 예언이나 다름없었음을, 저는 훗날에 이

르러 뼈저리게 깨달았습니다. 내가 반한다느니 다른 사람이 내게 반한다,라는 표현은 너무나 상스럽고 희롱대고 정말이지 거드름을 부리는 느낌이라, 아무리 이른바 '엄숙'한 자리에선들 이 표현이 한마디라도 불쑥 얼굴을 내밀면 순식간에 우울의 가람伽藍이 붕괴되어 그저 펀펀하고 밋밋해져버리는 느낌이 듭니다. 그런데 누군가 내게 반하는 괴로움, 이런 식의 속어가 아니라 사랑받는 불안, 이런 투의 문학적 표현을 사용하면 좀체 우울의 가람을 무너뜨리지는 못하게 될 것 같으니, 기묘한 일이다 싶습니다.

다케이치가 제게 고름이 나오는 귀 청소를 받고, 너한테 반할 거야,라는 멍청한 입발림 말을 했을 때 저는 그저 얼굴을 붉히며 웃고 아무런 대답도 하지 않았지만, 사실은 어렴풋이 짚이는 구석도 있었습니다. 그런데 '너한테 반할 거야'와 같은 야비한 표현에서 묻어나는 거드름 부리는 분위기를 두고, 그 말을 듣고 보니 짚이는 구석도 있다, 어쩌고 쓰는 것은 거의 만담에 나오는 부잣집 도련님의 대사조차 못 될 정도로 어리석은 감회를 드러내는 거나 마찬가지여서, 설마 제가 그런 희롱대고 거드름을 부리는 기분으로 '짚이는 구석도 있었다'는 건 아닙니다.

저한테는 인간 중에서 여성이 남성보다 몇 배나 더 난해했습니다. 우리 가족은 여성이 남성보다 숫자가 많고 또 친척도 여자아이가 많은 데다 그 '범죄'를 저지른 하녀도 있어서, 저는 어렸을 적부터 여자하고만 놀며 자랐다고 해도 과언이 아니라고 생각합니다만, 그게 또 정말이지, 살얼음판을 밟는 심정으로 그 여자들과 어울렸던 것입니다. 거의, 도통 가늠이 안 되더군요. 오리무중인 데다 이따금 호랑이 꼬리를 밟는 실수를 해서 호된 상처를 입었는데, 그게 또 남자에게서 받는 채찍과 달리 내출혈처럼 극도로 불쾌하게 내공內攻해, 좀처럼 치유하기 힘든 상처였습니다.

여자는 끌어당겼다가 뿌리친다, 혹은 여자는 사람이 있는 데선 나를 업신여기고 매정하게 굴다가도 아무도 없으면 꽉 껴안는다, 여자는 죽은 듯 깊이 잠든다, 여자는 잠을 자기 위해 살아 있는 게 아닐까? 그 밖에도 여자에 대한 다양한 관찰을, 이미 저는 유년 시절부터 해왔습니다만, 동일한 인류 같으면서도 남자와는 완전히 다른 생물이라는 느낌이었고, 더구나 이 불가해하고 방심할 수 없는 생물이 기묘하게도 저를 보살펴주었습니다. '너한테 반할 거야' 따위 표현도, '너를 좋아할 거야'라는 표현도 제 경우엔 전혀 걸맞지 않고, '너를 보살펴줄 거야'라고 하는 편이 그나마 실상을 설명하기에 적합한지도 모르겠습니다.

여자는 남자보다 한층 익살에 편안해하는 듯했습니다. 제가 익살을 부려도 남자는 역시 한참 동안 껄껄 웃어주지 않는 데다, 저도 남자에겐 자칫 흥이 오른 나머지 과도한 익살을 부리다간 실수한다는 걸 알고 있었기에, 반드시 적당한 대목에서 마무리 지으려고 조심했습니다만, 여자는 적당한 선이라는 걸 모른 채 언제까지나 제게 익살을 요구했고, 저는 그 끝없는 앙코르에 응하느라 녹초가 되었습니다. 정말이지, 잘 웃습니다. 하여간 여자는 남자보다 쾌락을 훨씬 더 누릴 줄 아는 것 같습니다.

제가 중학교 때 신세를 진 그 집 누나도 여동생도 틈만 나면 2층 제 방에 찾아왔는데, 저는 그때마다 펄쩍 뛸 정도로 흠칫 놀라 그저 벌벌 떨었습니다.

"공부?"

"아니."

미소 지으며 책을 덮고,

"오늘 학교에서 말이지, '곤봉'이라는 지리 선생님이 글쎄."

술술 입에서 흘러나오는 것은, 마음에도 없는 우스꽝스러운 이야기였습니다.

"요짱, 안경을 써봐."

어느 날 밤, 여동생 셋짱이 언니와 함께 제 방으로 놀러 와서 제게 실컷 익살을 부리게 한 끝에, 이런 말을 꺼냈습니다.

"왜?"

"그냥 한번 써봐. 언니 안경을 좀 빌려서."

언제나 이렇듯 난폭한 명령조로 말합니다. 익살꾼은 고분고분 언니의 안경을 썼습니다. 바로 그 순간, 두 아가씨는 자지러지게 웃음을 터뜨렸습니다.

"완전 판박이! 로이드랑 완전 판박이!"

당시 해럴드 로이드라는 외국영화의 희극배우가 일본에서 인기가 있었습니다.

저는 일어서서 한 손을 올린 채,

"여러분!"

그런 다음,

"이번 기회에 일본 팬 여러분께……"

한바탕 인사말을 늘어놓아 더욱더 폭소를 터뜨리게 했고, 그 후 로이드 영화가 그 동네 극장에 들어올 때마다 보러 가서, 남몰래 그의 표정을 연구했습니다.

또 어느 가을밤, 제가 누워서 책을 읽고 있는데 언니가 새처럼 날래게 방으로 들어와, 다짜고짜 이불 위에 쓰러져 울더니,

"요짱이 나를 도와줄 거지? 그렇지? 이런 집, 같이 나가버리는 편이 나아. 도와줘! 도와줘!"

이처럼 격렬한 말을 마구 내뱉고는 또 울었습니다. 하지만 여자가 제게 이런 태도를 일부러 내보이는 게 이번이 처음도 아니어서, 언니의 과격한 말에 그리 놀라지 않고, 오히려 그 진부함, 알맹이 없음에 흥이 깨진 기분으로 살며시 이불을 빠져나와, 책상 위의 감을 깎아 한 조각을 언니에게 건네주었습니다. 그러자 언니는 흐느껴 울면서 그 감을 먹고,

"무슨 재미난 책 없어? 빌려줘."

이렇게 말했습니다.

저는 소세키*의 『나는 고양이다』라는 책을, 책장에서 골라주었습니다.

"잘 먹었어."

언니는 쑥스러운 듯 웃으며 방에서 나갔습니다만, 그 언니 할 것 없이 대체 여자는 어떤 심정으로 살고 있는지를 생각하는 건, 제게 지렁이의 마음을 헤아리는 것보다 까다롭고 성가시고 어쩐지 으스스하게 느껴졌습니다. 다만 저는 여자가 그토록 갑작스레 울음을 터뜨리거나 할 경우, 뭔가 달콤한 걸 건네주면 그걸 먹고 기분이 풀린다는 사실만은, 어릴 때부터 경험으로 알고 있었습니다.

또 여동생 셋짱은 친구까지 제 방에 데려왔는데, 제가 늘 그렇듯 공평하게 모두를 웃기고, 친구가 돌아가면 셋짱은 어김없이 그 친구의 험담을 했습니다. 그 애는 불량소녀니까 조심해야 돼. 으레 이렇게 말했습니다. 그럴 거면 굳이 데려오지 않으면 좋으련만. 덕분에 제 방을 찾아오는 손님 대부분이 여자, 그렇게 되고 말았습니다.

하지만 이는 결코 다케이치의 입발림 말 '너한테 반할 거

* 나쓰메 소세키夏目漱石(1867~1916). 메이지 시대의 대문호로 손꼽히며, 근현대 일본 작가들에게 큰 영향을 미쳤다. 소설뿐 아니라 한시, 하이쿠, 수필 등 여러 장르에 걸쳐 작품을 남겼다.

야’가 아직 실현된 건 아니었습니다. 즉 저는 일본 도호쿠의 해럴드 로이드에 불과했습니다. 다케이치의 무식한 입발림 말이 께름칙한 예언으로 생생하게 살아와 불길한 모습을 띠게 된 것은, 그로부터 몇 년 더 지난 뒤의 일이었습니다.

다케이치는 제게 또 한 가지, 중대한 선물을 했습니다.

“도깨비 그림이야.”

언젠가 다케이치가 2층 제 방으로 놀러 왔을 때, 가지고 온 원색판 그림 한 장을 우쭐거리듯 제게 보여주며, 그렇게 설명했습니다.

엉? 이런 생각이었습니다. 그 순간, 제가 가 닿을 길이 결정된 것처럼, 훗날에 이르니 그런 느낌이 자꾸만 듭니다. 저는 알고 있었습니다. 바로 고흐의 자화상일 따름이라는 걸 알고 있었습니다. 저희 소년 시절, 일본에선 프랑스의 소위 인상파 그림이 크게 유행했고, 서양화 감상의 첫걸음을 대개 이쯤에서 시작했으니 고흐, 고갱, 세잔, 르누아르 같은 사람의 그림은 시골 중학생이라도 얼추 그 사진판으로 알고 있었습니다. 저도 고흐의 원색판을 꽤 많이 보았고, 흥미로운 붓 터치, 선명한 색채의 멋스러움을 느끼고는 있었지만, 그래도 도깨비 그림이라고는 한 번도 생각한 적이 없었습니다.

“그럼, 이런 건 어때? 역시 도깨비일까?”

저는 책장에서 모딜리아니 화집을 꺼내, 햇볕에 그을린 구릿빛 피부의 나부상裸婦像을 다케이치에게 보였습니다.

"굉장한걸!"

다케이치는 눈이 휘둥그레지며 감탄했습니다.

"지옥의 말 같아!"

"역시 도깨비?"

"나도 이런 도깨비 그림을 그리고 싶어."

너무나 인간을 두려워하는 사람들이, 오히려 한층 더 무시무시한 요괴를 제 눈으로 똑똑히 보고 싶다고 소망하게 되는 심리. 신경질적이고 무엇에건 쉬이 겁먹는 사람일수록 폭풍우가 더욱 세차게 휘몰아치기를 기도하는 심리. 아아! 이 화가들은 인간이라는 도깨비에게 상처 입고 위협당한 나머지, 끝내 환영을 믿고 대낮의 자연 속에서 또렷이 요괴를 본 거야. 더구나 그들은 그걸 익살 따위로 얼버무리지 않고 보이는 그대로를 표현하려고 노력한 거야. 다케이치 말대로 과감히 '도깨비 그림'을 그려버렸어. 여기에 장래 나의 동료가 있다! 저는 눈물이 날 만큼 흥분해,

"나도 그릴 거야! 도깨비 그림을 그릴 거야! 지옥의 말을 그릴 거야!"

어째서인지 아주 목소리를 낮추어, 다케이치에게 말했습니다.

저는 초등학교 시절부터 그림을 그리는 것, 보는 것 모두 좋아했습니다. 하지만 제가 그린 그림은 저의 작문에 비해

주위 평판이 좋지 않았습니다. 저는 애당초 인간의 말을 전혀 신용하지 않았기에, 작문 따윈 제게 그저 익살꾼의 인사말 같은 것이고, 초등학교부터 중학교까지 줄곧 선생님들을 미치도록 기쁘게 했습니다만, 저는 도무지 재미가 없고 그림만은 (만화는 예외입니다만) 그 대상의 표현에, 유치한 제 방식으로나마 다소 고심을 기울였습니다. 학교 미술 시간의 본보기 그림이 시시한 데다 선생님의 그림도 지지리 서툴러서, 저는 완전 엉터리로 갖가지 표현법을 스스로 궁리하고 시도해야만 했습니다. 중학교에 들어가 저는 유화 도구도 한 벌 갖추었는데, 그 붓놀림의 본보기를 인상파 화풍에서 찾은들 제가 그린 것은 마치 지요가미* 공예처럼 편편해서 영 그럴싸해지지 않았습니다. 하지만 저는 다케이치가 한 말로 인해, 그때까지의 회화에 대한 제 마음가짐이 완전히 잘못되었다는 걸 깨달았습니다. 아름답다고 느낀 것을 고스란히 아름답게 표현하려 노력하는 단순함. 어리석음. 대가들은 아무것도 아닌 것을 주관에 따라 아름답게 창조하고, 혹은 추한 것에 구토를 일으키면서도 그에 대한 흥미를 감추지 않고 표현의 기쁨에 잠긴다. 즉 남의 잘못된 생각에 조금도 의존하지 않는다는, 화법의 프리미티브** 비법을 다케

* 千代紙. 꽃무늬 등 여러 가지 무늬를 색도 인쇄한 일본 종이. 여자아이들이 작은 상자에 붙이거나 종이접기를 하는 데 사용한다.

이치한테 전수받아, 그 여자 손님들 몰래 조금씩 자화상 제작에 착수해보았습니다.

저 자신 섬뜩해질 만큼 음산한 그림이 완성되었습니다. 이거야말로 가슴속 깊이 기를 쓰며 감추고 감춘 나의 정체다. 겉으로는 쾌활하게 웃고 또 남을 웃기지만, 사실 난 이처럼 음울한 마음을 갖고 있지. 어쩔 수 없어. 이렇게 몰래 수긍하면서도 그 그림은 다케이치 말고는, 당연히 아무한테도 보여주지 않았습니다. 저의 익살 밑바닥에 깔린 음산함을 꿰뚫어 보아, 갑자기 인색하게 경계당하는 것도 싫었습니다. 또한 이것이 제 정체인 줄 깨닫지 못한 채, 역시나 새로운 취향의 익살로 간주되어 큰 웃음거리가 될지도 모른다는 염려도 있어, 그리되면 무엇보다 고통스러운 일이기에 그 그림은 곧바로 벽장 깊숙이 넣어두었습니다.

또한 학교의 미술 시간에도 저는 그 '도깨비 방식 수법'은 숨기고, 지금껏 해온 대로 아름다운 것을 아름답게 그리는 방식의 평범한 터치로 그림을 그렸습니다.

저는 다케이치한테만은 전부터 나 자신의 상처 입기 쉬운 신경을 아무렇지 않게 보여왔습니다. 이번 자화상도 마음 놓고 다케이치에게 보여주어 굉장히 칭찬받았고, 두 장 세 장 더, 도깨비 그림을 계속 그려 다케이치로부터 또 한 가지,

** primitive. 원시적, 소박함.

"넌, 훌륭한 화가가 될 거야."

이런 예언을 얻었습니다.

너한테 반할 거야,라는 예언 그리고 훌륭한 화가가 될 거야,라는 예언. 이 두 가지 예언을 멍청이 다케이치에 의해 이마에 각인당한 채, 이윽고 저는 도쿄로 나왔습니다.

저는 미술학교에 들어가고 싶었지만, 아버지는 전부터 저를 고등학교에 넣어 장차 관리를 시킬 생각으로 제게도 그걸 통고해둔 터라, 말대꾸 한 번 못 하는 소심한 저는 멍하니 거기에 따랐습니다. 4학년 때부터 시험을 치러보라는 말씀을 듣고, 저도 벚꽃과 바다가 있는 중학교에 어지간히 싫증난 참에 5학년에 진급하지 않은 4학년 수료 상태로, 도쿄의 고등학교에 시험을 치러 합격하자마자 기숙사 생활에 들어갔습니다. 하지만 그 불결함과 난폭함에 질리고 말아, 익살이고 뭐고 의사에게 폐 침윤 진단서를 받아내 기숙사를 나와, 우에노 사쿠라기초에 있는 아버지 별장으로 옮겼습니다. 저는 단체 생활이라는 것을, 아무래도 배길 수가 없었습니다. 게다가 청춘의 감격이니 젊은이의 자긍심이니 하는 말은 듣기만 해도 오싹 소름이 끼쳐, 도저히 그 '하이스쿨 스피릿'인가 하는 걸 따라갈 수 없었습니다. 교실도 기숙사도 일그러진 성욕의 쓰레기터 같은 느낌마저 들어, 저의 완벽에 가까운 익살도 그곳에선 아무런 도움이 되지 못했습니다.

아버지는 의회 일이 없을 때는 한 달에 1주일이나 2주일

밖에 그 집에 머물지 않았기 때문에, 아버지가 집을 비우면 꽤 넓은 그 집에 별장지기 노부부와 저, 세 사람뿐이고, 저는 심심찮게 학교를 쉬었습니다. 그렇다고 도쿄 구경 같은 걸 할 마음도 내키지 않아 (저는 결국 메이지 신궁도, 구스노키 마사시게* 동상도, 센가쿠지泉岳寺의 47인 묘소도 못 본 채로 끝날 듯합니다) 집에서 온종일 책을 읽거나 그림을 그렸습니다. 아버지가 상경하면 저는 매일 아침 허둥지둥 등교했습니다만, 혼고 센다기초에 있는 서양화가 야스다 신타로 씨의 화실에 가서 세 시간이고 네 시간이고 데생 연습을 한 적도 있습니다. 고등학교 기숙사에서 빠져나오니 학교 수업에 나가도 제가 마치 청강생처럼 특별한 위치에 있는 듯한, 이건 저의 삐딱한 생각이었는지도 모르겠습니다만, 어쩐지 저 스스로 맨송맨송한 기분이 들어, 더욱 학교에 가는 게 귀찮아졌습니다. 저는 초등학교, 중학교, 고등학교에 다니면서 끝내 애교심이라는 걸 이해하지 못하고 마쳤습니다. 교가라는 것도, 한 번도 외우려고 한 적이 없습니다.

마침내 저는 화실에서 어느 그림 공부하는 학생한테, 술과 담배와 매춘부와 전당포와 좌익 사상을 알게 되었습니다. 묘한 조합이긴 해도 그건 사실입니다.

그 학생은 호리키 마사오. 도쿄 서민층 지역에서 태어났

* 楠正成(1294~1336). 일본 가마쿠라 시대의 무장.

고 저보다 여섯 살 연상인데, 사립 미술학교를 졸업한 뒤 집에 아틀리에가 없어 이 화실에 다니며 서양화 공부를 계속하고 있다고 합니다.

"5엔, 빌려줄래?"

서로 그저 얼굴을 익혔을 뿐이고, 그때까지 한마디도 이야기를 나눈 적이 없습니다. 저는 당황스러워 쩔쩔매면서 5엔을 내밀었습니다.

"좋아, 마시자! 내가, 너한테 한턱내는 거야! 참하게 생긴 녀석이네."

저는 그만 거절하지 못하고, 그 화실 근처 호라이초 카페에 억지로 끌려갔습니다. 그와의 교우는 그렇게 시작되었습니다.

"전부터 너를 눈여겨봤어. 바로 그거야! 그 수줍어하는 듯한 미소, 장래가 유망한 예술가 특유의 표정이지. 가까워진 표시로, 건배! 기누 씨, 이 녀석 미남이지? 반해버리면 안 돼. 이 녀석이 화실에 온 덕분에 유감스럽게도 난 두번째 미남자가 된 셈이야."

호리키는 거무스름하고 단정한 얼굴에 미술학도치고는 드물게 반듯한 신사복을 입고, 넥타이 취향도 수수한 데다, 머리에는 포마드를 발라 한가운데부터 납작하니 가르마를 탔습니다.

저는 익숙지 않은 장소인지라 그저 겁이 나서 팔짱을 꼈다 풀었다 하며 그야말로 수줍은 미소만 짓고 있었는데, 맥주를 두세 잔 마시는 사이 묘하게 해방된 듯한 가벼움을 느끼게 되었습니다.

"저는 미술학교에 들어갈 생각을 했습니다만……"

"아니, 시시해! 그런 곳은 시시해. 학교는 시시해. 우리 스승은 자연 속에 있도다! 자연에 대한 파토스!"

그러나 저는 그가 하는 말에 전혀 경의를 느끼지 못했습니다. 멍청한 사람이네, 그림도 분명 어설프겠지. 하지만 놀기엔 괜찮은 상대일지도 모르겠다고 생각했습니다. 즉 저는 그때 태어나서 처음으로 진짜 도시 건달을 보았습니다. 그건 저와 형태는 달라도, 역시나 이 세상 인간의 영위로부터 완전히 유리되고 말아, 허둥거리는 점에서만은 틀림없이 동류同類였습니다. 그리고 그는 그 익살을 의식하지 못한 채 행하고, 더욱이 그 익살의 비참함을 전혀 깨닫지 못한다는 점이, 저와 본질적으로 달랐습니다.

그냥 노는 것뿐이다, 어울려 노는 상대로서 교제할 뿐이다,라고 항상 그를 경멸하고, 때로는 그와의 교우를 창피하게조차 여기면서 그와 어울려 다니는 사이, 결국 저는 이 남자한테도 된통 깨졌습니다.

그러나 처음엔 이 남자를 호인好人, 보기 드물게 선한 사람이라고만 굳게 믿고, 인간 공포에 시달리던 저도 완전히 방심한 나머지, 도쿄에 좋은 안내자가 생겼다 정도로 여겼습니다. 저는 사실 혼자 전차를 타면 차장이 무섭고, 가부키 극장에 들어가고 싶어도 그 정면 현관의 진홍빛 융단이 깔린 계단 양쪽에 나란히 서 있는 안내양들이 무섭고, 레스토랑에 들어가면 제 등 뒤에 가만히 서서 빈 접시를 기다리는 웨이터가 무서웠습니다. 특히나 계산할 때 아아, 어색한 나의 손놀림. 저는 물건을 사고 돈을 건넬 때면 인색해서가 아니라 지나친 긴장, 지나친 부끄러움, 지나친 불안, 공포로 어질어질 현기증이 나고 세계가 캄캄해져 거의 반미치광이가 되다시피 한 상태로, 값을 깎기는커녕 거스름돈 받는 걸 잊어버릴뿐더러 구입한 물건을 가지고 오는 것조차 잊어버린 적도 자주 있을 정도여서, 도저히 혼자 도쿄 시내를 다니지 못하고 어쩔 수 없이 온종일 집에서만 빈둥빈둥 보낸 속사정도 있었습니다.

그랬는데 호리키에게 지갑을 내주고 같이 다니자, 호리키는 통 크게 값을 깎고 더구나 노는 데 달인이랄까, 얼마 안 되는 돈으로 최대 효과가 나도록 지불하는 솜씨를 발휘하는 데다 비싼 택시는 꺼리고 전차, 버스, 통통배 등 제각각 나눠 이용하면서 최단 시간에 목적지에 도착하는 수완도 내보입니다. 매춘부 집을 나와 아침에 돌아가는 길이면, 무슨 무슨 요정에 들러 아침 목욕을 하고, 데친 두부에다 가볍게 술 한잔하는 게 저렴하나마 사치스러운 기분을 낼 수 있다며, 실제 교육을 시켜주기도 했습니다. 그 밖에 포장마차의 소고기덮밥이나 닭 꼬치구이가 저렴하고 영양이 풍부한 음식이라는 얘기를 늘어놓았고, 취기가 빨리 돌게 하는 데는 덴키블랑*만 한 게 없다고 장담했습니다. 아무튼 그 돈을 지불하는 것에 대해선 제게 조금도 불안, 공포를 느끼게 한 적이 없습니다.

게다가 호리키와 어울리면서 마음 편한 점은, 호리키가 듣는 이의 생각 따윈 아예 무시하고 이른바 정열(파토스)이 분출하는 대로 (어쩌면 정열이란 상대방 입장을 무시하는 건지도 모르겠습니다만) 온종일 시시껄렁한 수다를 늘어놓아, 둘이서 걷다가 지치고 어색한 침묵에 빠질 염려가 전혀 없다는 것이었습니다. 사람을 대할 때면 그 무서운 침묵이 거기에 어른거리는 걸 경계하여, 본디 입이 무거운 제가 '지금이야말로 중대 고비다!' 하고 필사적인 익살을 떨어왔는데, 지금 이 바보 호리키가 의식하지 못한 채 그 익살꾼 역을 몸소 나서서 해주고 있는 터라, 저는 대답도 하는 둥 마는 둥 그저 흘려듣다가 이따금 '설마!' 어쩌고 하며 웃음 지으면 되었습니다.

술, 담배, 매춘부, 이런 것들이 모두 인간 공포를, 가령 한 순간이나마 달래줄 수 있는 꽤 괜찮은 수단이라는 사실을,

* 전기電氣 브랜디. 브랜디풍의 술 상표명으로 1903년 판매되어 다이쇼 중기에 걸쳐 인기를 끌었다.

마침내 저도 알게 되었습니다. 이러한 수단을 얻기 위해선, 제가 가진 전부를 팔아 치운들 후회 없다는 심정까지도 품게 되었습니다.

제게 매춘부란 인간도 여성도 아닌, 백치나 광인처럼 보여 그 품 안에서 저는 되레 완전히 마음 놓고 푹 잠들 수 있었습니다. 모두 애처로울 정도로, 정말이지 티끌만큼도 욕심이라는 것이 없었습니다. 그리고 제게 동류라는 친화감 같은 걸 느끼는지, 저는 언제나 그 매춘부들한테서 거북하지 않을 만큼의 자연스러운 호의를 받았습니다. 아무 타산도 없는 호의, 억지로 베푸는 게 아닌 호의, 두 번 다시 오지 않을지도 모르는 사람에 대한 호의. 그 백치나 광인인 매춘부들에게, 저는 마리아의 후광을 현실로 보았던 밤도 있습니다.

그러나 저는 인간에 대한 공포에서 벗어나 흐릿한 하룻밤의 휴양을 찾으러 그곳에 갔고, 그야말로 저와 '동류'인 매춘부들과 놀아나는 사이, 어느 틈엔가 무심결에 어떤 께름칙한 분위기를 신변에 늘 풍기게 된 모양입니다. 이것은 저 자신도 전혀 예상치 못한 이른바 '덤으로 딸린 부록'이었습니다만, 점차 그 '부록'이 선명하게 표면으로 떠올라, 호리키에게 그걸 지적당하고는 화들짝 놀란 데다 언짢은 기분이 들었습니다. 곁에서 보면 속된 말로, 저는 매춘부를 통해 여자 수행을 했고, 더구나 최근 부쩍 솜씨가 늘었습니다. 여자 수행은 매춘부로 하는 게 가장 엄격한 만큼 효과가 좋다는데,

이미 제겐 그 '여자 달인'이라는 냄새가 스민 탓에, 여성은 (매춘부에 한정되지 않고) 본능적으로 그 냄새를 맡고 바싹 달라붙는, 그런 외설스럽고 명예롭지 못한 분위기를 '부록'으로 받아, 그것이 제 휴양 따위보다도 지독히 눈에 띄게 되어버린 모양입니다.

호리키는 그걸 반쯤 입발림 소리로 했을 테지만, 그러나 제게도 가슴 짓눌리듯 짚이는 일이 있습니다. 이를테면 찻집 여자한테 유치한 편지를 받은 적도 있고, 사쿠라기초 집의 이웃인 장군네 스무 살 남짓한 딸이 매일 아침, 제가 등교할 시각이면 딱히 볼일이 없어 보이는데도 엷은 화장을 한 채 자기 집 대문을 들락거리기도 했고, 소고기를 먹으러 가면 제가 잠자코 있어도 그곳 여종업원이, ……또 늘 가는 단골 담뱃가게 아가씨한테 건네받은 담뱃갑 안에, ……또 가부키를 보러 가서 옆 좌석 사람에게, ……또 심야 전차 안에서 취해 잠들었는데, ……또 뜻밖에 고향 친척의 딸한테서 단단히 마음먹은 듯한 편지가 오고, ……또 누군지 알 수 없는 아가씨가, 제가 집을 비운 사이 손수 만들었음 직한 인형을, ……제가 극도로 소극적이다 보니 죄다 그걸로 끝나버린 토막 난 이야기일 뿐, 더 이상 진전은 하나도 없었습니다. 하지만 뭔가 여자에게 꿈을 꾸게 만드는 분위기가 제 어딘가에 감돌고 있다는 사실은, 애인 자랑이니 뭐니 하는 어설픈 농담이 아닌 부정할 수 없는 것이었습니다. 저는 그걸 호리키 같은 이에게 지적당해, 굴욕 비슷한 씁쓸함을 느끼는 동시에 매춘부와 어울려 노는 일에도 별안간 흥이 깨졌습니다.

호리키는 또한 그 모더니티 허세를 부리려고 (호리키의 경우, 이것 말고 다른 이유를 저는 지금도 생각할 수 없습니다만) 어느 날 저를 공산주의 독서회라는 (R·S였던가, 기억이 확실치 않습니다) 그런 비밀 연구회에 데리고 갔습니다. 호리키 따위 인물에겐 공산주의 비밀 모임도, 그 '도쿄 안내'의 하나쯤이었는지 모릅니다. 저는 이른바 '동지'에게 소개되고 팸플릿 한 부를 사야 했고, 그러고는 상석에 앉은 지독히 못생긴 청년한테 마르크스 경제학 강의를 들었습니다. 하지만 제게, 그건 너무나 뻔한 내용처럼 여겨졌습니다. 그야 분명 그럴 테지만, 인간의 마음에는 영문을 알 수 없는 더욱 무시무시한 게 있다. 욕심,이라고 해봐도 충분하지 않다. 배니티,*라고 해봐도 충분하지 않다. 색色과 욕慾, 이렇게 두 가지를 늘어놓아도 충분하지 않다. 그게 무엇인지 저도 알 수 없지만, 인간 세상의 밑바닥엔 경제만이 아닌, 이상스레 괴담 같은 게 있는 듯한 느낌이 들고, 그 괴담에 겁먹고 벌벌 떠는 저는 이른바 유물론을 물이 낮은 데로 흐르듯 자연스럽게 긍정하면서도, 그러나 그것만으로 인간에 대한 공

* vanity. 허영심, 자만, 허식.

포에서 해방되어 신록을 향해 눈을 뜨고, 희망의 기쁨을 느낄 수는 없었습니다. 하지만 저는 한 번도 결석하지 않고 그 R·S(라고 한 것 같은데 틀릴지도 모릅니다)에 출석해, '동지'들이 어지간히 중대사인 양 뻣뻣한 표정으로 1 플러스 1은 2,라는 투로 거의 초등 산수 같은 이론 연구에 골몰하는 게 참을 수 없이 우스꽝스러워, 저의 그 익살로 모임을 편안하게 만들려고 노력했습니다. 그 때문인지 차츰 연구회의 갑갑한 분위기도 풀어져, 저는 그 모임에 없어서는 안 될 인기인이라는 구색마저 갖추어진 듯합니다. 이 단순해 보이는 사람들은 저 역시 이들과 마찬가지로 단순하고, 낙천적인 익살꾼 '동지'쯤으로 생각했을지 모르지만, 만약 그러하다면 저는 이 사람들을 하나부터 열까지 속이고 있었던 셈입니다. 저는 동지가 아니었습니다. 하지만 그 모임에 언제나 어김없이 출석해, 모두에게 익살을 서비스해왔습니다.

좋아했기 때문입니다. 저는 그 사람들이 마음에 들었기 때문입니다. 그러나 그건 반드시 마르크스로 맺어진 친애감은 아니었습니다.

비합법. 저는 그게 어렴풋이 즐거웠습니다. 오히려 편안했습니다. 세상의 합법이라는 것이 되레 무섭고, (거기엔 깊이 모를 아주 강한 무엇이 예감됩니다) 그걸 움직이는 장치가 불가해하여 도저히 그 창문 없고 뼛속까지 싸늘해지는 방에는 앉아 있을 수 없어, 바깥은 비합법의 바다여도 거기에 뛰어들어 헤엄치다가, 이윽고 죽음에 이르는 편이 제겐 차라리 편할 것 같았습니다.

음지의 사람,이라는 말이 있습니다. 인간 세상에서 비참한 패자, 악덕한을 손가락질해 부르는 말인 듯한데, 저는 제가 **태어났을 때부터 음지의 사람**인 듯한 느낌이 들어, 세상으로부터 저이는 음지의 사람이라고 손가락질당할 법한 사람을 만나면, 저는 반드시 상냥한 마음을 갖게 됩니다. 그리고 저의 그 '상냥한 마음'은, 스스로 황홀해질 만큼 상냥한 마음이었습니다.

또한 범인 의식,이라는 말도 있습니다. 저는 이 인간 세상에서 평생 그 의식에 시달리면서도 그건 제 조강지처처럼 좋은 반려여서, 그 녀석과 단둘이 쓸쓸하게 희롱거리고 노는 것도, 제가 살아가는 자세의 하나였는지 모릅니다. 또한 속되게 '정강이에 상처 있는 몸'*이라는 표현도 있는 모양인데, 그 상처는 제가 젖먹이였을 때부터 저절로 한쪽 정강이에 나타나, 성장하면서 치유되기는커녕 더욱 깊어지기만 할 뿐이고, 뼛속까지 닿았습니다. 매일 밤 고통이 천변만화의 지옥이라 말하면서도, 그러나 (이건 대단히 기묘한 말투입니다만) 그 상처는 차츰 제 **혈육보다도** 친해져, 그 상처의 고통

* '정강이에 상처가 있다'라는 표현은 켕기는 데가 있다, 뭔가 숨기는 약점이 있다는 뜻.

이 바로 상처의 살아 있는 감정, 심지어 애정의 속삭임으로도 여겨지는 그런 남자에게, 예의 지하운동 그룹의 분위기가 묘하게 마음 놓이고 편안했습니다. 요컨대 그 운동의 본래 목적보다 그 운동의 피부가 제게 맞는 느낌이었습니다. 호리키의 경우는 그저 바보의 가벼운 장난질이라, 딱 한 번 저를 소개하러 그 모임에 갔을 뿐, 마르크시스트는 생산 면의 연구와 동시에 소비 면의 시찰도 필요하다는 둥 어설픈 신소리를 하며 그 모임엔 얼씬거리지 않고, 아무튼 저를 그 소비 면의 시찰 쪽으로만 꾀어내려고 했습니다. 생각하면 당시엔, 다양한 형태의 마르크시스트가 있었습니다. 호리키처럼 모더니티의 허영을 부리느라 그렇게 자칭하는 자도 있고, 또 저처럼 단지 비합법의 냄새가 마음에 들어 거기에 눌러앉은 자도 있어서, 만약 이들의 실체가 마르크시즘의 진정한 신봉자에게 간파당했더라면, 호리키도 저도 열화 같은 분노를 산 채 비열한 배신자라며, 댓바람에 쫓겨났을 테지요. 그러나 저도, 호리키조차도 좀처럼 제명 처분을 당하지 않았고, 특히나 저는 그 비합법 세계에서는 합법의 신사들 세계에서보다 오히려 거침없이 쑥쑥, 이른바 '건강'하게 행동할 수 있었기 때문에, 장래성 있는 '동지'로서 피식 웃음이 비어져 나올 만큼 과도하게 비밀인 척 꾸민 온갖 용무를 부탁받을 정도가 되었습니다. 또한 사실 저는 그런 용무를 한 번도 거절한 적 없이 예사로이 뭐든 떠맡았고, 괜스레 버벅

거리느라 개(동지들은 폴리스를 그렇게 불렀습니다)한테 의심받아 불심검문 따위를 당해 일을 그르친 적도 없습니다. 웃으면서 또한 남을 웃기면서, 그들이 위험하다고 (그 운동패거리는 무슨 중대사인 양 긴장해서 어설픈 탐정소설 흉내짓까지 벌이며 극도의 경계를 펼쳤는데, 그러고서 제게 부탁하는 일은 정말이지, 어안이 벙벙해질 만큼 시시한 일이었습니다. 그럼에도 그들은 그 용무를 무지무지 위험하게 여겨 용쓰고 있었습니다) 일컫는 그 일을, 어쨌거나 정확히 해치웠습니다. 당시 제 심정으로는 당원이 되어 붙잡히고, 설사 평생토록 형무소에서 보내게 되었다 한들 태연했습니다. 세상 인간의 '실생활'이라는 것을 두려워하며 매일 밤 불면의 지옥에서 신음하기보다, 차라리 감옥 쪽이 더 편할지도 모르겠다는 생각마저 했습니다.

아버지는 사쿠라기초 별장에서 손님맞이하랴, 외출이 잦아, 한집에 있어도 사흘이고 나흘이고 저와 얼굴을 마주칠 일이 없을 정도였습니다만, 그래도 워낙 아버지가 거북살스럽고 무서워, 이 집을 나가 어딘가 하숙이라도, 생각하면서도 그 말을 꺼내지 못하고 있던 바로 그때, 아버지가 그 집을 내다 팔 작정인 것 같다는 이야기를 별장지기 할아범한테 들었습니다.

아버지의 의원 임기도 이제 곧 기한이 다가오고, 이런저런 이유가 있었을 게 분명하지만, 더 이상 선거에 나설 의지도 없는 낌새인 데다 고향에 은거할 집 한 채 지은 걸로 봐선 도쿄에 미련도 없는 듯합니다. 기껏 고등학생에 불과한 저를 위해 저택과 하인을 제공하는 것도 낭비라고 생각해선지(아버지의 마음 역시 세상 사람들의 심정과 마찬가지로 저는 잘 모르겠습니다), 아무튼 그 집은 얼마 안 되어 남의 손에 넘어갔고, 저는 혼고 모리가와초의 선유관仙遊館이라는 오래된 하숙집의 어두침침한 방으로 이사했습니다. 그러고는 단박에 돈이 궁해졌습니다.

그때까지는 아버지한테 매달 일정 금액의 용돈을 건네받아, 그야 이삼 일 만에 돈이 없어졌다 한들, 담배도 술도 치즈도 과일도 언제나 집에 있었고, 책이며 문구류며 그 밖에 복장에 관한 모든 것을, 언제든지 근처 가게에서 이른바 '외상'으로 구할 수 있었습니다. 호리키에게 메밀국수나 튀김덮밥 같은 걸 한턱내도, 아버지의 단골인 동네 가게라면 저는 말없이 그 가게를 나와도 상관없었습니다.

그런데 갑자기 하숙집에 혼자 살게 되면서 이것저것 죄다 다달이 받는 일정한 돈으로 꾸려나가야 했기에, 저는 허둥지둥했습니다. 보내준 돈은 역시나 이삼 일 만에 사라져버려 저는 그만 오싹해졌고, 하도 불안한 나머지 미칠 지경이 되어 아버지, 형, 누나들에게 번갈아 가며 돈을 부탁하는 전보와 '자세한 사정'을 전하는 편지(그 편지에서 호소하는 사정은 모조리 익살의 허구였습니다. 남에게 무얼 부탁하려면,

우선 그 사람을 웃기는 게 상책이라고 생각했습니다)를 연발하는 한편, 호리키가 가르쳐준 대로 부지런히 전당포에 드나들기 시작했는데, 그래도 언제나 돈에 쪼들렸습니다.

어차피 저는 아무 연고도 없는 하숙집에서 혼자 '생활'해 나갈 능력이 없었습니다. 저는 하숙방에 혼자 가만히 있는 것이 무섭고, 금방이라도 누군가에게 습격당해 뒨통 한 방 얻어맞을 것만 같은 느낌이 들어 거리로 뛰쳐나가 그 운동을 거들기도 하고, 혹은 호리키와 같이 싸구려 술을 마시며 돌아다니느라 학업도 그림 공부도 거의 포기했습니다. 고등학교에 입학한 지 2년째 되던 11월, 저보다 연상인 유부녀와 정사情事 사건 따위를 일으키면서, 제 처지는 완전히 바뀌었습니다.

학교는 결석하고 학과 공부도 전혀 하지 않았건만 묘하게 시험 답안 작성하는 요령이 좋았는지, 그럭저럭 그때까지는 고향의 가족을 내처 속여왔습니다. 그러나 이제 슬슬 출석 일수의 부족 등으로 학교 쪽에서 은밀히 고향 아버지에게 보고된 듯, 아버지를 대신해 큰형이 엄한 문장으로 기다란 편지를, 제게 보내왔습니다. 하지만 그보다도 저의 직접적인 고통은 돈이 없는 것, 그리고 예의 운동 용무가 도저히 어정쩡하게 장난삼아 할 수 없을 정도로 과격해지고 바빠졌다는 것이었습니다. 중앙 지구라든가 무슨 지구라든가, 저는 어쨌건 혼고, 고이시카와, 시타야, 간다, 그 주변 학교를 통틀어, 소위 마르크스 학생 행동대 대장이 되어 있었습니다. 무장봉기라는 말을 듣고 자그마한 나이프를 사서 (지금 생각하면 그건 연필도 깎기 힘든 가냘픈 나이프였습니다) 그걸 레인코트 주머니에 넣고 여기저기 뛰어다니며 이른바 '연락'을 취했습니다. 술을 마시고 푹 잠들고 싶다. 하지만 돈이 없습니다. 더구나 P (당을 그런 은어로 불렀다고 기억하는데, 어쩌면 틀릴지도 모릅니다) 쪽에서는 연거푸 숨 쉴 틈도 없을 만큼 용무 의뢰가 들어옵니다. 병약한 제 몸으로는 도저히 감당할 수 없게 되었습니다. 애당초 비합법이라는 흥미만으로 그 그룹 일을 거들었던 데다 이처럼, 그야말로 농담에서 망아지가 나온* 격으로 하도 바빠지다 보니 저는 은근히 P 사람들에게, 이거 번지수 잘못 짚었잖아요, 당신네 직계 사람들한테 시키는 게 어때요? 이렇듯 부아가 치미는 감정을 떨쳐내지 못하고, 도망쳤습니다. 도망쳤다가, 아무래도 영 기분이 마뜩잖아, 죽기로 했습니다.

그 무렵 제게 특별한 호의를 보이던 여자가 셋 있었습니다. 한 사람은 하숙집 선유관의 딸이었습니다. 이 아가씨는 제가 그 운동 일을 돕느라 녹초가 되어 돌아와 밥도 먹지 않은 채 자리에 누워버리면, 어김없이 편지지와 만년필을 들

* 원래 '조롱박에서 망아지가 나온다'는 표현을 조금 비튼 것. 뜻밖의 일이 사실로서 실현되거나, 있을 수 없는 일의 비유.

고 제 방으로 찾아와,

"미안해요. 아래층에선 동생들이 시끄럽게 해, 차분히 편지도 못 쓰겠어요."

이러면서 제 책상 앞에 앉아 뭔가를 한 시간 이상이나 쓰고 있습니다.

저 또한 모른 척하고 누워 있으면 좋으련만, 워낙 그 아가씨가 제게서 무어라 말을 듣고 싶어 하는 눈치라서 예의 수동적인 봉사 정신을 발휘해, 정말이지 한마디도 내뱉고 싶지 않은 기분이지만, 기진맥진 지칠 대로 지친 몸에 얍! 기합을 넣어 배를 깔고 엎드려 담배를 피우며,

"여자한테서 온 러브레터로, 목욕물을 데워 탕에 들어간 남자가 있다는데."

"어머! 싫어요. 당신이죠?"

"우유를 데워 마신 적은 있지요."

"영광이에요. 마셔줘요."

이 사람, 냉큼 돌아가주었으면! 편지 어쩌고저쩌고, 속이 빤히 들여다보이건만. 서툰 글자 그림이나 끄적이고 있을 게 틀림없습니다.

"보여줘."

죽어도 보고 싶지 않은 심정으로 이렇게 말하면, 어머 싫어요! 어머 싫어요! 이러면서 기뻐하는 품새가 하도 꼴불견이라, 흥이 깨질 뿐입니다. 그래서 저는, 심부름이라도 시키

자 생각합니다.

"미안한데, 전찻길 약국에 가서 칼모틴* 좀 사다 줄래? 너무 피곤하고 얼굴이 화끈거려, 되레 잠을 못 자겠어. 미안해. 돈은……"

"됐어요, 돈 따위."

기꺼이 일어섭니다. 심부름을 시킨다는 건, 결코 여자를 시들하니 풀 죽게 만드는 일이 아니며, 오히려 여자는 남자에게 무얼 부탁받으면 기뻐한다는 것도, 저는 훤히 알고 있었습니다.

또 한 사람은 여자고등사범학교 문과생으로, 소위 '동지'였습니다. 이 사람과는 예의 운동 일로, 싫어도 매일 얼굴을 마주해야만 했습니다. 모임이 끝난 뒤에도 그 여자는 끈덕지게 저를 따라다니며, 무턱대고 제게 물건을 사줬습니다.

"나를 진짜 누나라고 여겨도 돼."

그 아니꼬움에 부르르 몸을 떨며 저는,

"그럴 생각입니다."

우수에 잠긴 미소 띤 표정을 지어내 대답합니다. 아무튼 화나게 했다간 무서워. 어떡해서든 어물어물 넘겨야만 해. 오로지 이런 생각만으로, 저는 마침내 그 못생기고 지겨운 여자에게 봉사했습니다. 그리고 사주는 물건을 받고는 (사

* Calmotine. 진정제, 수면제.

온 건 참으로 취향이 고약한 물건들뿐이라, 저는 대개 그것을 곧장 꼬치구이 가게 주인에게 줘버렸습니다) 기쁜 낯으로 농담하며 웃겼습니다. 어느 여름밤, 하도 들러붙어 떨어지지 않기에 거리 으슥한 곳에서, 그저 그 사람이 어서 돌아가주었으면 싶은 마음에 키스해주었더니, 꼴사납게 미친 듯 흥분하고 자동차를 불러, 그 사람들이 운동을 위해 비밀스레 빌린 빌딩 사무소 같은 비좁은 방으로 데려가 아침까지 야단법석을 떠는 통에, 어이없는 누나잖아! 저는 몰래 쓴웃음을 지었습니다.

하숙집 딸이건 '동지'건 어차피 날마다 얼굴을 마주해야 하는 형편인지라, 지금껏 거쳐온 이런저런 여자들처럼 멋지게 피하지 못한 채 그만 질질 끌다가, 예의 불안한 마음에 이 두 사람의 비위를 그저 열심히 맞추었고, 어느새 저는 쇠줄에 묶인 듯 옴짝달싹 못 하는 처지가 되어 있었습니다.

비슷한 시기, 또한 저는 긴자에 있는 어느 큰 카페 여급한테 뜻하지 않은 은혜를 입었습니다. 단 한 번 만났을 뿐인데 그 은혜가 마음 쓰여, 역시나 옴짝달싹할 수 없을 만큼 걱정되고 두려움을 느꼈습니다. 그즈음엔 저도 굳이 호리키의 안내 없이도 혼자 전차도 탈 수 있었고, 가부키 극장에도 갈 수 있었고, 또 가스리* 기모노를 입고 카페에도 들어갈 수 있을 정도로, 얼마간 뻔뻔스러움을 가장할 수 있게 되었습니다. 마음속으론 여전히 인간의 자신감과 폭력을 의심하고 무서워하고 괴로워하면서도, 겉으론 조금씩 타인과 천연덕스러운 인사, 아니 틀렸어요, 저는 역시 패배한 익살꾼의 괴로운 웃음을 곁들이지 않고는, 인사를 못 하는 체질입니다. 하지만 아무튼, 정신없이 쩔쩔매는 인사나마 가까스로 해낼 만한 '기량'을 얻은 건, 예의 운동으로 여기저기 뛰어다닌 덕분? 또는 여자? 또는 술? 하지만 주로 금전적인 부자유 덕분에 차차 터득해가고 있었습니다. 어디에 있어도 두렵고, 오히려 큰 카페에서 수많은 취객이나 여급, 웨이터들 속에 한데 섞여들 수 있다면, 끊임없이 쫓기는 듯한 제 마음도 차분해지지 않을까 싶어, 10엔을 들고 긴자의 그 큰 카페에 혼자 들어가, 웃으면서 상대 여급에게,

"10엔밖에 없으니까, 그리 알고."

이렇게 말했습니다.

"걱정 마세요."

어딘가 간사이** 어투가 있었습니다. 그리고 그 한마디가 기묘하게, 부들부들 떨고 있는 제 마음을 진정시켜주었습니다. 아니에요, 돈 걱정이 없어졌기 때문이 아닙니다. 그 사람 곁에 있은들 걱정 없겠다는 느낌이 들었습니다.

* 물감이 살짝 스친 듯한 부분을 규칙적으로 배치한 무늬. 또는 그런 무늬가 있는 직물.

** 교토, 오사카를 중심으로 한 지방.

저는 술을 마셨습니다. 그 사람에게 마음이 놓인 터라 오히려 익살 따위 연기할 기분도 일지 않아, 제 본성 그대로 말수가 적고 음침한 구석을 숨김없이 내보이며 잠자코 술을 마셨습니다.

"이런 거, 좋아해?"

여자는 갖가지 요리를 제 앞에 늘어놓았습니다. 저는 고개를 내저었습니다.

"술만? 나도 마실게."

가을, 추운 밤이었습니다. 저는 쓰네코(라고 들었습니다만, 기억이 가물가물해 확실하지 않습니다. 정사 상대의 이름조차 잊어버리는 저입니다)가 시키는 대로, 긴자 뒤편의 어느 포장마차 초밥가게에서 지지리도 맛없는 초밥을 먹으면서 (그 사람의 이름은 잊었어도 그때 먹은 초밥이 맛없던 것만은, 어찌 된 셈인지 또렷이 기억에 남아 있습니다. 그리고 구렁이 면상을 닮은 얼굴에 빡빡머리 주인이 연신 고개를 흔들흔들, 어지간히 노련한 듯 어물쩍거리며 초밥을 손에 쥐고 만들던 모습도 눈앞에 보듯 선명히 떠오릅니다. 몇 년 뒤 전차에서, 어라? 어디서 본 얼굴인데 싶어 이리저리 궁리하다, 뭐야 그때 초밥가게 주인을 닮았잖아! 깨닫고는 쓴웃음을 지은 적도 두세 번 있었을 정도입니다. 그 사람의 이름도, 얼굴 생김새조차 기억에서 멀어진 지금까지도, 그 초밥가게 주인 얼굴만은 그림으로 그릴 수 있을 만큼 정확히 기억하고 있다니, 그때의 초밥이

워낙 맛없어서 제게 추위와 고통을 안겨주었다고 여겨집니다. 본디 저는, 맛난 초밥을 먹을 수 있는 가게라는 곳에 남을 따라가 먹어봐도, 맛있다고 생각한 적은 한 번도 없습니다. 너무 크더군요. 엄지손가락만 한 크기로 단단히 만들 수는 없나, 하고는 생각했습니다) 그 사람을 기다렸습니다.

혼조의 목수네 2층에, 그 사람이 세 들어 살고 있었습니다. 저는 그 2층에서 평소 저의 음울한 마음을 조금도 숨기지 않고, 지독한 치통을 앓고 있기라도 하듯 한쪽 손으로 뺨을 짓누르며 차를 마셨습니다. 그리고 그런 저의 자태가, 오히려 그 사람 마음에 든 모양입니다. 그 사람도 신변에 늦가을 찬바람이 불어 낙엽만 어지러이 휘날리는, 완전히 고립된 느낌을 지닌 여자였습니다.

함께 자리에 누워 그 사람은, 저보다 두 살 연상이라는 것, 고향은 히로시마,라고 했습니다. 그리고 내겐 남편이 있어요, 히로시마에서 이발사로 일했죠, 지난해 봄에 함께 가출해 도쿄로 도망쳐 왔는데, 남편은 도쿄에서 변변한 일을 하지 못하다가 사기죄로 교도소에 가 있어요, 난 매일 이것저것 차입해주러 교도소에 드나들었는데, 내일부턴 그만둘래요. 대충 이런 이야기였습니다만, 저는 어찌 된 셈인지 여자의 신상 이야기 같은 거엔 전혀 흥미를 느끼지 못하는 체질인 데다 여자의 말솜씨가 서툰 탓인지, 요컨대 이야기의 핵심이 어그러지는 탓인지, 아무튼 제겐 늘 마이동풍*이었습니다.

쓸쓸해.

저는 여자의 천만 마디 신상 이야기보다, 이 한마디 중얼거림이 더 공감을 자아낼 게 틀림없다고 기대했지만, 이 세상 여자로부터 기어이 한 번도 저는, 이 말을 들은 적이 없음을 기이하다고도 신기하다고도 느낍니다. 그러나 그 사람은 굳이 '쓸쓸해'라고 말하진 않았지만, 무언의 지독한 쓸쓸함을, 몸 언저리에 한 치 남짓한 너비로 기류처럼 두르고 있어, 그 사람에게 바싹 다가가면 이쪽 몸도 그 기류에 감싸이고, 제가 지닌 다소 삐쭉삐쭉 가시 돋친 음울한 기류와 서로 알맞게 녹아들어, '물속 바위에 가라앉은 마른 잎'처럼 제 몸은 공포로부터, 불안으로부터 멀어질 수 있었습니다.

백치 매춘부들의 품속에서 안심하고 곤히 잠드는 기분과는 전혀 다르게, (무엇보다 그 프로스티튜트**들은 명랑했습니다) 그 사기죄 범인의 아내와 보낸 하룻밤은, 제겐 행복하고 (이런 가당찮은 단어를 아무런 주저 없이 긍정하고 사용하는 일은, 저의 이 수기 전체에서 두 번 다시 없을 겁니다) 해방된 밤이었습니다.

* 馬耳東風. 봄바람이 불면 사람은 기뻐하나, 말은 아무 감흥도 없다. 남의 말에 귀 기울이지 않고 그냥 지나쳐 흘려버리는 것의 비유.

** prostitute. 창녀, 매춘부.

그러나 단 하룻밤이었습니다. 아침에 눈을 뜨고 벌떡 일어나자, 저는 원래대로 경박한, 가식적인 익살꾼이 되어 있었습니다. 겁쟁이는 행복마저 두려워하는 법입니다. 솜뭉치로도 상처가 납니다. 행복에 상처 입는 일도 있습니다. 상처 입기 전에 재빨리, 이대로 헤어지고 싶다고 조바심치며, 예의 익살로 연막을 둘러칩니다.

"돈 떨어질 때가 사랑의 끝,이라는 건 말이지, 해석이 거꾸로야. 돈이 없어지면 여자에게 차인다는 의미, 그게 아니지. 남자에게 돈이 없어지면 남자는 그냥 절로 의기소침해서 망가지고, 웃음소리에도 힘이 없고, 그러다 묘하게 삐딱해져서는 결국 될 대로 되라는 식으로 남자 쪽에서 여자를 차버린다, 반미치광이가 되다시피 해서 차고, 차고, 기어이 차버린다는 의미야. 『가네자와 대사전』이라는 책에 그리 나와 있어, 딱하게도. 나도 그 기분 알겠거든."

분명히 이런 투의 시시껄렁한 이야기를 해, 쓰네코가 웃음을 터뜨렸던 기억이 있습니다. 너무 오래 눌러앉지 말자. 뒤탈이 무서워. 세수도 하지 않은 채 잽싸게 물러났습니다만, 그때 저의 '돈 떨어질 때가 사랑의 끝'이라는 엉터리 막말이, 나중에 뜻하지 않은 관계를 만들었습니다.

그 후로 한 달, 저는 그날 밤의 은인과는 만나지 않았습니다. 헤어진 뒤 날이 갈수록 기쁨은 옅어지고, 사소한 은혜를 입은 일이 되레 어쩐지 두려워져, 제멋대로 엄청난 속박을 느꼈습니다. 그때 그 카페의 술값을 전부 쓰네코에게 부담시키고 말았다는 자질구레한 일까지도 점차 신경 쓰이기 시작하면서, 쓰네코 역시 하숙집 딸이나 그 여자고등사범학교 학생과 마찬가지로 저를 협박하는 여자로만 여겨져, 멀리 떨어져 있으면서도 끊임없이 쓰네코에게 겁먹었습니다. 더구나 저는 함께 잠을 잔 여자를 다시 만나면, 그 자리에서 대뜸 불같이 야단맞지 않을까 싶어 안절부절, 만나는 걸 무척 성가셔하는 성질이었기 때문에, 급기야 긴자를 멀리하는 형편이 되었습니다. 하지만 그 성가셔하는 성질은 결코 저의 교활함 때문이 아니고, 여성이란 잠을 자는 것, 그리고 아침에 일어난 뒤 사이에, 티끌 하나만큼의 연관성조차 없이 완전한 망각처럼 멋들어지게 두 세계를 단절시킨 채 살고 있다는 신기한 현상을, 아직 제대로 이해하지 못했기 때문입니다.

11월 말, 저는 호리키와 간다에 있는 포장마차에서 싸구려 술을 마셨는데, 이 못된 친구는 그 포장마차를 나서고도 어디 가서 좀더 마시자고 우겨댔습니다. 이제 우리에겐 돈이 없는데도 자꾸만 마시자! 마시자! 하고 들러붙었습니다. 그때 저는 술에 취해 대담해진 탓이기도 합니다만,

"좋아! 그렇담 꿈의 나라로 데려가주지. 놀라진 마, 주지육림이라는……"

"카페?"

"그래."

"가자!"

이런 식으로 두 사람은 전차를 탔습니다. 호리키는 마구 들떠서,

"난 오늘 밤, 여자한테 굶주렸거든. 여급에게 키스해도 돼?"

저는 호리키가 그런 추태를 부리는 것이, 영 마뜩잖았습니다. 호리키도 그걸 알고 있기에, 제게 이런 다짐을 해두었습니다.

"괜찮아? 키스할 거야. 내 옆에 앉은 여급에게, 꼭 키스해 보일게. 괜찮아?"

"괜찮겠지."

"고마워! 난 여자한테 굶주렸거든."

긴자 4가에서 내려 이른바 주지육림의 큰 카페에, 오직 쓰네코만 믿고 의지한 채 거의 무일푼으로 들어갔습니다. 비어 있는 칸막이 좌석에 호리키와 마주 보고 앉자마자 쓰네코와 또 한 명의 여급이 종종거리며 다가와, 그 여급은 제 옆에 그리고 쓰네코는 호리키 옆에 털썩 앉았기에, 저는 흠칫 놀랐습니다. 쓰네코는 곧 키스당해.

아깝다는 기분은 아니었습니다. 저는 원래 소유욕이라는 것에 무덤덤하고, 또 어쩌다 어렴풋이 아까운 기분은 들어도 그 소유권을 과감히 주장하며 남과 다툴 만큼의 기력이 없었습니다. 훗날 저는, 제 내연의 처가 능욕당하는 걸, 잠

자코 지켜보기만 한 적도 있을 정도입니다.

저는 인간의 옥신각신 다툼에는 가능한 한 끼어들고 싶지 않았습니다. 그 소용돌이에 휘말리는 게 두려웠습니다. 쓰네코와 저는 딱 하룻밤을 함께한 사이입니다. 쓰네코는 제 것이 아닙니다. 아깝다, 어쩌고 우쭐대는 욕심을, 제가 지닐 턱이 없습니다. 하지만 저는 흠칫 놀랐습니다.

제 눈앞에서 호리키의 맹렬한 키스를 받는 그 쓰네코의 처지를, 딱하게 여겼기 때문입니다. 호리키에게 더럽혀진 쓰네코는 나와 헤어질 수밖에 없을 테지. 더구나 내게도 쓰네코를 붙잡을 만큼 포지티브한 열의는 없어. 아아! 이제 이걸로 끝장이야, 하고 쓰네코의 불행에 잠시 흠칫 놀라긴 했지만, 금세 저는 물처럼 순순히 체념한 채 호리키와 쓰네코의 얼굴을 번갈아 보며 히죽히죽 웃었습니다.

그런데 사태는 참으로 뜻밖에도, 훨씬 나쁘게 전개되었습니다.

"그만 됐어!"

호리키가 입을 일그러뜨리고,

"어지간한 나도, 이런 궁상맞은 여자하곤……"

아주 질색이라는 듯 팔짱을 끼고 쓰네코를 빤히 바라보며, 쓴웃음을 지었습니다.

"술을. 돈은 없어."

저는 나직이 쓰네코에게 말했습니다. 그야말로, 뒤집어쓰

다시피 마시고 싶은 심정이었습니다. 이른바 속물의 눈으로 보자면, 쓰네코는 취한의 키스조차 받을 가치가 없는, 그저 초라하고 궁상맞은 여자였습니다. 전혀 예상치 못했달까, 뜻밖이랄까, 저는 벼락을 맞아 와르르 부서진 느낌이었습니다. 저는 여태껏 전례가 없을 만큼 엄청, 엄청나게 술을 퍼마시고 비칠비칠 취했습니다. 쓰네코와 얼굴을 마주한 채 슬프게 미소를 나누며, 하긴 그런 소리를 듣고 보니 이 여잔 묘하게 찌들어 궁상맞은 여자일 뿐이잖아, 하는 생각과 동시에 돈 없는 사람끼리의 친화(빈부의 불화는 진부한 것 같아도, 역시 드라마의 영원한 테마 가운데 하나라고 저는 이제야 생각합니다만), 그것이, 그 친화감이 가슴에 치밀어 올라 쓰네코가 사랑스럽고, 태어나 이때 처음 스스로 적극적으로, 미약하나마 사랑의 마음이 움직이는 걸 자각했습니다. 토했습니다. 인사불성이 되었습니다. 술을 마시고 이토록 정신을 잃을 만큼 취한 것도, 그때가 처음이었습니다.

눈을 뜨니, 머리맡에 쓰네코가 앉아 있었습니다. 혼조의 목수네 2층 방에 누워 있었습니다.

"돈 떨어질 때가 사랑의 끝, 어쩌고 하기에 농담인가 싶었는데, 진심? 도통 와주질 않으니. 끝이 꽤 까다로운걸. 내가 벌어줘도 안 돼?"

"안 돼."

그러고 나서 여자도 누웠고, 새벽녘 여자의 입에서 '죽음'

이라는 단어가 처음 나왔습니다. 여자도 인간으로서의 삶에 지칠 대로 지친 모양이었고, 저 또한 세상에 대한 공포, 번잡함, 돈, 예의 운동, 여자, 학업 등을 생각하면, 도저히 더는 버티어내며 살아갈 수 없을 것 같아, 그 사람의 제안에 선뜻 동의했습니다.

하지만 그때는 아직 실감 나게 '죽자'라는 각오가 서 있지 않았습니다. 어딘가 '장난기'가 숨어 있었습니다.

그날 오전, 두 사람은 아사쿠사 롯쿠*를 이리저리 떠돌았습니다. 찻집에 들어가 우유를 마셨습니다.

"당신이 내줘요."

저는 일어나 소맷자락에서 지갑을 꺼냈습니다. 열어보니 동전이 세 개, 수치심보다 처참한 기분에 사로잡혔고, 느닷없이 뇌리에 떠오르는 건 선유관의 내 방, 교복과 이불만 덩그러니 남아 있을 뿐, 더 이상 전당 잡힐 만한 물건 하나 없는 황량한 방, 그리고 내가 지금 입고 다니는 가스리 기모노, 망토, 이것이 내 현실이다, 살아갈 수 없어. 분명히 깨달았습니다.

제가 허둥지둥하고 있으니 여자도 일어나 제 지갑을 들여다보고,

"어머? 겨우 그거뿐?"

* 도쿄 아사쿠사의 대중적 유흥가의 중심지.

무심한 목소리였습니다만, 이 또한 찌릿찌릿 뼈가 저리도록 아팠습니다. 처음으로 제가 사랑한 사람의 목소리인 만큼, 아팠습니다. 그거뿐, 이거뿐이고 간에, 동전 세 개는 어차피 돈이 아닙니다. 그것은 제가 지금껏 한 번도 맛본 적 없는 기묘한 굴욕이었습니다. 도저히 살아 있을 수 없는 굴욕이었습니다. 결국 그 무렵의 저는 아직 부잣집 도련님이라는 부류에서 완전히 벗어나지 못한 것일 테지요. 그때 저는 스스로 나서서 죽자, 이렇듯 **실감 나게** 결의했습니다.

그날 밤 우리는 가마쿠라 바다에 뛰어들었습니다. 여자는, 이 오비*는 가게 친구한테 빌린 오비니까, 하면서 오비를 풀어 접고는 바위 위에 두었습니다. 저도 망토를 벗어 같은 자리에 두고, 함께 물속으로 투신했습니다.

여자는 죽었습니다. 그리고 저만 살아남았습니다.

제가 고등학생인 데다 아버지의 이름에도 얼마간, 이른바 뉴스 값어치가 있었는지, 신문에서 상당히 큰 문제로 다루어진 모양입니다.

저는 바닷가 병원에 수용되었습니다. 고향에서 친척 한 사람이 급히 달려와 이런저런 뒷수습을 해주었고, 고향의 아버지를 비롯해 온 가족이 격노하고 있으니 이번 일로 생가와는 의절하게 될지도 모른다,라는 말을 제게 남기고 돌

* 기모노 위에 매는 허리띠.

아갔습니다. 하지만 저는 그런 일보다도 죽은 쓰네코가 그리워, 훌쩍훌쩍 울기만 했습니다. 정말로, 지금까지 만난 사람 가운데 그 궁상맞은 쓰네코만을 좋아했으니까요.

하숙집 딸한테서 단가*를 쉰 수나 써서 죽 늘어놓은 긴 편지가 왔습니다. '살아주어요'라는 이상한 말로 시작되는 단가만, 쉰 수였습니다. 또한 제 병실에 간호사들이 유쾌하게 웃으며 놀러 왔고, 제 손을 꼬옥 잡았다가 돌아가는 간호사도 있었습니다.

제 왼쪽 폐에 탈이 났다는 사실이 그 병원에서 발견되었는데, 이것이 마침 제겐 무척 잘된 일이었습니다. 이윽고 저는 자살방조죄라는 죄명으로 병원에서 경찰에게 끌려갔습니다만, 경찰서에서는 저를 환자 다루듯 하며 특별히 보호실에 수용했습니다.

한밤중, 보호실 옆 숙직실에서 불침번을 서던 나이 든 순경이 사잇문을 슬쩍 열고,

"이봐!"

저를 부르더니,

"춥지? 이쪽으로 와서, 불 좀 쬐어."

이렇게 말했습니다.

저는 일부러 풀 죽은 듯 숙직실로 들어가, 의자에 앉아 화

* 短歌. 일본 고유의 짧은 시 형식.

로를 쬐었습니다.

"역시, 죽은 여자가 그리울 테지?"

"네."

새삼스레, 잦아드는 가냘픈 목소리로 대답했습니다.

"그게 바로 인정이라는 거야."

그는 점점 거만스레 굴었습니다.

"처음, 여자와 관계를 맺은 건, 어딘가?"

흡사 재판관이나 다름없이 거드름을 피우며 물었습니다. 그는 저를 어린애라고 얕보아, 가을밤의 따분함을 이길 요량으로, 마치 그 자신이 취조 주임이라도 되는 척하며 제게서 외설적인 술회를 끄집어내려는 꿍꿍이속인 듯했습니다. 저는 재빨리 그걸 눈치채고, 피식 웃음이 터져 나오는 걸 꾹 참느라 애먹었습니다. 순경의 그런 '비공식 심문'에는 모조리 응답을 거부해도 상관없다는 건, 저도 알고 있었습니다. 그러나 가을의 긴긴밤에 흥을 돋우고자 저는 어디까지나 다소곳이, 그 순경이야말로 취조 주임이고 형벌의 경중을 결정하는 것도 그 순경의 배려 하나에 달렸다,라는 사실을 굳게 믿어 의심치 않는, 이른바 성의를 내보이며, 그의 호색가다운 호기심을 얼마간 만족시킬 만큼 어설프게 '진술'했습니다.

"음, 이제 대강 알겠네. 뭐든 솔직히 대답하면, 우리 쪽에서도 그 점은 적당히 조처하지."

"고맙습니다. 잘 부탁드립니다."

거의 입신入神에 닿은 연기였습니다. 그리고 저를 위해선 아무것도, 한 가지도 득이 되지 않는 열연입니다.

날이 밝아, 저는 서장에게 불려 나갔습니다. 이번엔 정식 취조입니다.

문을 열고 서장실에 들어가자마자,

"오오! 잘생겼는데! 이건 자네가 나쁜 게 아니야. 이처럼 잘생긴 남자로 낳은 자네 어머니가 나쁜 거지."

피부가 거무스름한, 대학을 나왔음 직한 아직 젊은 서장이었습니다. 다짜고짜 그런 말을 들은 저는, 제 얼굴 반쪽에 붉은 반점이라도 찰딱 들러붙어 있는 듯, 보기 흉한 불구자가 된 듯, 비참한 기분이었습니다.

유도나 검도 선수 같은 서장의 취조는 참으로 산뜻해서, 한밤중 그 늙은 순경의 은밀하고 집요하기 짝이 없던 호색적인 '취조'와는 천양지차*였습니다. 심문이 끝나고, 서장은 검사국**에 보낼 서류를 쓰면서,

"몸이 튼튼해져야 하네. 혈담이 나온 모양이던데?"

이렇게 말했습니다.

* 天壤之差. 하늘과 땅 사이처럼 엄청난 차이.

** 구재판 제도하에서, 법원에 부설되어 검사가 배속되던 관청. 현재의 검찰청과 성격이 다르다.

그날 아침, 이상스레 기침이 나서 저는 기침이 날 때마다 손수건으로 입을 가렸는데, 그 손수건에 빨간 싸락눈이 내린 듯 피가 묻어 있었습니다. 하지만 그건 목에서 나온 피가 아니라, 지난밤 귀밑에 돋은 쪼그만 뾰루지를 만지작거리다가, 그 뾰루지에서 나온 피였습니다. 하지만 저는 그 이야기를 밝히지 않는 편이 되레 유리할 것 같은 느낌이 퍼뜩 들었기에 그저,

"네."

눈을 내리깐 채 고분고분 대답해두었습니다.

서장은 서류를 다 쓰고 나서,

"기소가 될지 어떨지는 검사님이 정하는 일이지만, 자네의 신원 인수인에게 전보나 전화로, 오늘 요코하마 검사국으로 와주십사 부탁하는 게 좋아. 누군가, 있을 테지? 자네 보호자나 보증인 말이야."

아버지의 도쿄 별장에 드나들던 서화 골동품상 시부타라는, 저희와 동향 사람으로 아버지의 알랑쇠 비슷한 역할도 떠맡은 땅딸막한 마흔 줄의 독신 남자가, 제 학교 보증인이라는 사실을, 저는 떠올렸습니다. 그 남자의 얼굴이, 특히 눈초리가 넙치를 닮았다며 아버지는 늘 그 남자를 넙치라 불렀고, 저도 그렇게 부르는 데 익숙했습니다.

저는 경찰의 전화번호부를 빌려 넙치네 집 전화번호를 찾아내고, 넙치한테 전화했습니다. 요코하마 검사국으로 와달

라고 부탁했더니, 넙치는 마치 딴사람이 된 듯 으스대는 말투긴 해도, 어쨌든 떠맡아주었습니다.

"이봐! 그 전화기, 당장 소독하는 게 좋아. 여하튼, 혈담이 나왔거든!"

제가 다시 보호실로 물러난 뒤 순경들에게 그리 지시하는 서장의 큼지막한 목소리가, 보호실에 앉아 있는 제 귀에까지 와 닿았습니다.

정오 즈음, 저는 가느다란 삼밧줄에 몸이 묶였고, 이건 망토로 감추는 게 허락되었습니다만, 그 삼밧줄 끄트머리를 젊은 순경이 단단히 쥐고 있어, 둘이 함께 전차를 타고 요코하마로 향했습니다.

그런데 저는 조금도 불안하지 않았습니다. 그 경찰서 보호실도, 늙은 순경도 그립고, 아아! 저는 어째서 이러는 걸까요? 죄인으로 묶이니 오히려 마음이 놓이고 느긋하니 차분해져, 그때의 추억을 지금 이렇듯 쓰면서도 정말로 푸근하고 즐거운 기분입니다.

하지만 그 시기의 **그리운** 추억 가운데 단 한 가지, 식은땀서 말을 흘렸을 정도로, 평생 잊지 못할 비참한 실수가 있었습니다. 저는 검사국의 어둑한 방에서 검사의 간단한 취조를 받았습니다. 검사는 마흔 안팎의 점잖은, (만약 제가 아름다운 용모를 지녔다 한들 그건 소위 음탕한 미모일 게 틀림없습니다만, 그 검사의 얼굴은 올곧은 미모,라고 부르고 싶을 만큼 총명하고 고요한 기색을 띠었습니다) 좀스럽게 굴지 않는 인품인 것 같기에, 저도 전혀 경계하지 않고 멍하니 진술했습니다. 그런데 갑자기 예의 기침이 났고, 저는 소맷자락에서 손수건을 꺼냈습니다. 문득 그 피를 보고, 이 기침도 어쩌면 뭔가 도움이 될지도 모르겠다는 한심스러운 흥정을 할 마음이 일어, 콜록, 콜록, 두어 번 덤으로 가짜 기침까지 야단스레 더 보태며 손수건으로 입을 가린 채 검사의 얼굴을 흘끗 본 그 찰나,

"진짜야?"

은근한 미소였습니다. 식은땀 서 말, 아니에요, 지금 떠올려도 허둥지둥, 그저 쩔쩔매는 지경입니다. 중학교 시절 그 바보 다케이치한테, 일부러 그랬지?라는 말에 등짝을 떼밀려 지옥으로 나가떨어진 그때의 심정 이상이라고 해도, 결코 과언이 아닌 기분입니다. 그것과 이것 두 가지, 제 생애에서 연기에 대실패한 기록입니다. 검사에게 그토록 점잖은 모멸을 당하기보다, 차라리 저는 10년 형을 선고받는 편이 훨씬 나았다고 생각할 때조차 가끔 있을 정도입니다.

저는 기소유예가 되었습니다. 하지만 전혀 기쁘지 않았고, 더없이 비참한 기분으로 검사국의 대기실 벤치에 앉아, 인수인 넙치가 오기를 기다렸습니다.

등 뒤 높다란 창문으로 저녁노을이 진 하늘이 보이고, 갈매기가 '女'(여자)라는 글자 모양새로 날고 있었습니다.

세번째 수기

1

다케이치의 예언 가운데 하나는 들어맞았고, 하나는 빗나갔습니다. 여자들이 반할 거라는, 명예롭지 못한 예언은 들어맞았습니다만, 꼭 훌륭한 화가가 될 거라는 축복의 예언은 빗나갔습니다.

저는 기껏 조악한 잡지의, 어설픈 무명 만화가가 될 수 있었을 뿐입니다.

가마쿠라 사건 때문에 고등학교에서 추방된 저는, 넙치네 집 2층 좁디좁은 방에서 기거했습니다. 고향에서는 다달이 아주 소액의 돈이, 그것도 제게 직접 부치지 않고 넙치한테 몰래 송금되는 낌새였습니다만, (더구나 고향의 형들이 그걸 아버지에겐 숨긴 채 보내주는 방식이었던 모양입니다) 그뿐, 이후 고향과의 연줄은 아예 단절되고 말았습니다. 그리고 넙치는 늘 언짢은 기색에다, 제가 비위를 맞추려 웃음 지어 봐도 웃지 않았습니다. 인간이란 이토록 간단히, 그야말로

손바닥 뒤집듯 변할 수 있는 건지, 치사스럽게, 아니 오히려 우스꽝스레 여겨질 만큼 완전히 홱 바뀌어,

"나가면 안 돼요. 아무튼 나가지 말아요."

이런 말만 제게 했습니다.

넙치는 제가 자살할 우려가 있다고 잔뜩 주시하는 모양으로, 다시 말해 여자를 뒤따라 다시 바다에 뛰어들 위험이 있다고 간파한 듯, 저의 외출을 엄격히 금지했습니다. 하지만 술도 마시지 못하고 담배도 피우지 못한 채 그저 아침부터 밤까지 2층 비좁은 방의 고타쓰*에 기어들어, 헌 잡지 나부랭이를 읽으며 멍청이나 다름없이 지내고 있는 제겐, 자살할 기력조차 사라져버렸습니다.

넙치의 집은 오쿠보 의학 전문학교 근처였는데, 서화 골동품상, 청룡원靑龍園, 이러한 간판 글씨만 꽤나 허세를 부렸어도, 한 건물에 두 집, 그중 한 집으로 가게의 너비도 좁고 가게 안은 먼지투성이였습니다. 엉성한 잡동사니만 늘어놓았고, (하긴 넙치는 그 가게의 잡동사니에 의지해 장사하는 건 아니고, 이른바 이쪽 어르신의 비장품을 이른바 저쪽 어르신에게 소유권을 넘기는 경우에 활약해, 돈을 벌고 있는 모양입니다) 가게에 앉아 있는 일이 거의 없습니다. 대개 아침부터

* 나무틀에 화로를 넣고 그 위에 이불이나 포대기 등을 씌운 실내 난방 장치.

찌무룩한 표정으로 허둥지둥 나가버려, 부재중에는 열일고여덟 살짜리 어린 점원 한 명, 이 아이가 제 파수꾼인 셈인데, 틈만 났다 하면 근처 아이들과 밖에서 캐치볼 따위를 하고 놉니다. 그러고도 2층 식객을 마치 바보나 미치광이 정도로 여기는지, 어른 설교 투로 잔소리까지 제게 늘어놓았는데, 저는 남과 말다툼을 하지 못하는 기질인지라, 피곤한 듯 또 감동한 듯한 얼굴로 이야기에 귀를 기울이고 복종했습니다. 이 점원은 시부타의 숨겨놓은 자식임에도 심상찮은 사정이 있어, 시부타는 이른바 부자간이라는 걸 밝히지 않았습니다. 또한 시부타가 여태 독신인 것도, 어쩌면 그 언저리에 이유가 있는 듯합니다. 저도 예전에 집안사람들한테서 그에 관한 소문을 얼핏 들은 것도 같습니다만, 아무래도 저는 타인의 신상에 그다지 흥미를 느끼지 않는 편이라, 속사정은 도통 알지 못합니다. 그러나 그 점원의 눈초리에도 묘하게 물고기 눈을 연상시키는 구석이 있었으니까 혹시, 정말로 넙치의 숨겨놓은 자식…… 그러하다면 두 사람은 참으로 쓸쓸한 부자간이었습니다. 밤늦게 2층의 저 몰래, 둘이서 메밀국수 같은 걸 배달시켜 말없이 먹기도 했습니다.

넙치네 집에서 식사는 언제나 그 점원이 준비했고, 2층 성가신 식객의 식사만은 따로 밥상을 차려 점원이 꼬박꼬박 세 번 2층으로 날라다 주었습니다. 넙치와 점원은 계단 아래 눅눅한 작은 다다미방에서 절그럭절그럭 접시며 그릇이

부딪치는 소리를 내면서 부산스레 식사했습니다.

3월 말 어느 저녁 무렵, 넙치는 뜻하지 않은 돈벌이라도 얻어걸렸는지, 아니면 뭔가 다른 계략이라도 있어서였는지, (이 두 가지 추측이 모두 들어맞았다고 해도 필시 몇 가지 더, 저로서는 도저히 짐작할 수 없는 사소한 이유도 있었을 테지만) 보기 드물게 술병까지 차려진 아래층 식탁으로 저를 초대했습니다. 넙치 아닌 참치회에, 이를 대접하는 주인 스스로 탄복하고 칭찬하고, 우두커니 있는 식객한테도 찔끔 술을 권하며,

"대체, 어쩔 작정입니까? 앞으로."

저는 대답하지 않은 채 식탁 위 접시에서 정어리 포를 집어 그 쪼그마한 물고기들의 은빛 눈알을 바라보고 있자니, 술기운이 어슴푸레 올라오면서 이리저리 마냥 놀러 다니던 시절이 그립고, 호리키마저 그립고, 못 견디게 '자유'가 간절해져, 대뜸 훌쩍거리며 울 뻔했습니다.

제가 이 집에 온 뒤로는 익살을 연기할 의욕조차 없는 탓에, 그저 넙치와 점원의 멸시 속에 몸을 내맡겼습니다. 넙치 쪽에서도 저와 허물없이 오래 이야기하는 걸 피하는 낌새였고, 저도 그런 넙치를 따라다니며 무언가를 호소할 마음 따윈 일지 않아, 그야말로 저는 완전히 얼간이 낯짝을 한 식객이 되고 말았습니다.

"기소유예라는 건, 전과 몇 범이라나, 뭐 이런 건 안 되는

모양입니다. 그러니 그저, 당신이 마음만 단단히 먹으면 갱생할 수 있단 말이지요. 당신이 만약 뉘우치고, 당신 쪽에서 진지하게 저한테 의논해온다면, 저도 생각해보겠습니다."

넙치의 말투에는, 아니 세상 모든 사람의 말투에는 이렇듯 까다롭고, 어딘가 흐리멍덩하고, 책임을 면해 달아나려는 듯 미묘한 복잡함이 있습니다. 그 대부분 무익하게 여겨지리만큼 엄중한 경계, 무수히 많고 많은 시시콜콜한 흥정에 저는 늘 당혹스러워, 아무려면 어때? 하는 기분이 되어 익살로 얼렁뚱땅 얼버무리거나 혹은 무언의 수긍으로 깡그리 내맡기는, 말하자면 패배의 태도를 취하고 맙니다.

이때도 넙치가 제게, 대략 다음과 같이 간단히 보고하면 그걸로 마무리될 일이었음을 저는 훗날이 되어서야 알았고, 넙치의 불필요한 경계심, 아니 세상 사람들의 이해하기 힘든 허세, 겉치레에 더없이 음울한 심정이었습니다.

넙치는 그때, 그저 이렇게만 말하면 되었습니다.

"국립이건 사립이건, 아무튼 4월부터 어느 학교에 들어가세요. 당신 생활비는, 학교에 들어가면 고향에서 좀더 넉넉히 보내주기로 했습니다."

한참 지난 뒤에야 알게 되었습니다만, 사실 그러기로 되어 있었습니다. 그러면 저도 그 지시를 따랐을 테지요. 그런데 넙치의 쓸데없이 신중하고 빙빙 에두른 말투 탓에 묘하게 뒤틀려, 제가 살아갈 방향도 깡그리 바뀌고 말았습니다.

"진지하게 저한테 의논할 마음이 없다면, 어쩔 수 없습니다만."

"어떤 의논?"

저는 정말이지 도통 짐작이 가지 않았습니다.

"그건, 당신 가슴속에 있는 일이겠지요?"

"예를 들면?"

"예를 들면,이라니! 당신 스스로, 앞으로 어쩔 생각인가요?"

"일하는 편이, 좋을까요?"

"아니, 당신 생각은, 대체 어떻습니까?"

"글쎄, 학교에 들어간다 한들……"

"그야, 돈이 필요합니다. 그러나 문제는, 돈이 아니지요. 당신의 마음가짐입니다."

돈은 고향에서 보내주기로 했으니까,라고 어째서 한마디 하지 않았을까요? 그 한마디에 따라 제 마음도 정해졌으련만, 저로서는 그저 오리무중일 뿐이었습니다.

"어떻습니까? 뭔가 장래 희망,이라 할 만한 게 있습니까? 도대체 사람 하나를 보살핀다는 게 얼마나 힘든 일인지, 보살핌을 받는 사람은 알 턱이 없겠지요."

"죄송합니다."

"거참, 걱정스럽습니다. 저도 일단 당신을 보살피기로 한 이상, 당신도 어정쩡한 마음으로 있으면 안 됩니다. 멋들어지게 갱생의 길로 가겠다,라는 각오를 보여주셔야 합니다.

이를테면 당신의 장래 방침, 그것에 대해 당신 쪽에서 저한테 진지하게 의논을 해온다면, 저도 그 의논에는 응할 생각입니다. 어차피 이렇듯 가난한 넙치의 지원이니까, 예전처럼 사치스러운 걸 바란다면, 잘못 짚었습니다. 하지만 당신의 마음가짐이 야무지고 장래 방침을 분명히 세워서 저한테 의논한다면, 저는 설사 아주 조금씩이나마 당신의 갱생을 위해 도와야겠다는 생각도 하고 있습니다. 알겠습니까? 제 심정을. 대체, 당신은 앞으로, 어쩔 작정인가요?"

"여기 2층에 머물 수 없다면, 일해서……"

"제정신으로, 그런 말을 합니까? 요즘 세상에, 설령 제국대학교를 나온들……"

"아니에요, 샐러리맨이 되는 건 아닙니다."

"그럼, 뭔가요?"

"화가입니다."

큰맘 먹고, 말했습니다.

"예에?"

저는 그때 목을 움츠리며 웃던 넙치 얼굴에 드리운, 너무나도 교활한 그림자를 잊을 수가 없습니다. 경멸의 그림자를 닮았으면서도 다른, 세상을 바다에 비유하자면 그 바닷속 천 길 깊디깊은 곳에 그런 기묘한 그림자가 어른거릴 것 같고, 뭔가 어른들 생활의 깊숙한 바닥을 언뜻 엿보게 된 듯한 웃음이었습니다.

고만한 걸로는 이야기고 뭐고 되지 않아. 당최 마음가짐이 야무지질 못해. 생각 좀 하세요! 오늘 하룻밤, 진지하게 생각해보세요. 이런 말을 듣고 저는 쫓기듯 2층으로 올라왔는데, 자리에 누워도 딱히 아무런 생각도 떠오르지 않았습니다. 그러고는 새벽녘이 되어, 넙치네 집에서 도망쳤습니다.

저녁때, 틀림없이 돌아오겠습니다. 아래에 적은 친구 집으로, 장래 방침에 대해 의논하러 갔다 올 테니 염려 마세요. 정말로.

편지지에 이렇게 연필로 큼지막하니 쓴 다음, 아사쿠사의 호리키 마사오 주소와 이름을 적고, 살그머니 넙치네 집을 나왔습니다.

넙치에게 장황한 설교를 들은 게 분해서 도망친 건 아니었습니다. 정말이지 저는 넙치의 말 그대로 마음가짐이 야무지지 못한 남자라, 장래 방침이고 뭐고 저로선 도통 짐작이 안 가고, 이 이상 넙치네 집에서 폐를 끼치는 건 넙치한테도 딱한 일일뿐더러, 조만간 만에 하나 제게도 분발할 마음이 일어 뜻을 세운다 한들 그 갱생 자금을 가난한 넙치한테 다달이 원조를 받아야 하나 싶은 생각에, 너무나 괴로워 더는 배겨낼 수 없는 기분이었기 때문입니다.

그러나 저는 이른바 '장래 방침'을, 호리키 따위한테 의논하러 가야겠다고 진심으로 생각해, 넙치네 집을 나온 건 아니었습니다. 그건 그저 아주 잠깐이나마, 한순간이나마 넙치를 안심시키고 싶었고, (그사이에 제가 조금이라도 멀리 도망치고 싶다는 탐정소설적인 책략에서 그런 쪽지를 썼다기보다는, 아니 그런 심정도 어렴풋이 있었던 게 틀림없지만, 그것보단 아무래도 저는 다짜고짜 넙치에게 충격을 주어, 그를 혼란스럽고 쩔쩔매도록 만드는 게 마냥 두려웠기 때문이다,라고 말하는 편이 다소 정확할지도 모릅니다. 어차피 탄로 날 게 뻔한데도 곧이곧대로 말하는 것이 두려워, 어김없이 이러구러 꾸며대는 건, 제 슬픈 성벽의 하나입니다. 이는 세상 사람들이 '거짓말쟁이'라 부르며 업신여기는 성격과 흡사하긴 해도, 저는 제 이득을 얻으려고 그럴싸하니 꾸민 적은 거의 없습니다. 다만 흥이 깨지고 싹 바뀐 분위기가 질식할 만큼 무시무시해서, 나중에 제게 불이익이 된다는 걸 알면서도 예의 '필사적인 봉사,' 그것이 설사 비뚤어지고 미약하고 어처구니없는 짓일지라도 그 봉사하려는 심정에서, 그만 한마디 꾸밈을 덧붙이고 마는 경우가 많았던 것 같기도 합니다. 그러나 이 습성 또한 세상의 소위 '정직한 사람'들로부터, 된통 이용당하기에 이르렀습니다) 그때 문득, 기억 밑바닥에서 떠오른 대로 호리키의 주소와 이름을, 편지지 끄트머리에 적어두었을 뿐입니다.

저는 넙치네 집을 나와 신주쿠까지 걸어가서 품속에 지닌 책을 팔고는, 역시나 어찌할 바를 몰랐습니다. 저는 누구한테건 상냥스레 대하는데도, '우정'이라는 걸 한 번도 실감한 적이 없습니다. 호리키 같은 놀이 친구는 제쳐놓고, 모든 교제가 그저 고통스러울 뿐이어서, 그 고통을 살살 풀어내려고 열심히 익살을 연기하다, 되레 기진맥진 녹초가 되었습니다. 겨우 몇 사람 알고 지내는 이의 얼굴을, 그들과 닮은 얼굴조차 어쩌다 길거리에서 마주쳐도 움찔 놀라, 한순간 현기증이 날 만큼 불쾌한 전율에 휩싸이는 꼬락서니입니다. 남들이 좋아해주는 건 알면서도, 남을 사랑하는 능력은 결여된 구석이 있는 듯했습니다. (하기야 저는, 세상의 인간에겐들 과연 '사랑'의 능력이 있는지 어떤지, 대단히 의문스럽습니다.) 그러한 제게 이른바 '친구' 따윈 생길 턱이 없고, 더군다나 제겐 '방문visit'할 능력마저 없었습니다. 타인의 집 문은 『신곡神曲』*에 나오는 지옥문 이상으로 으스스하고, 그 문 깊숙이 무시무시한 용 같은 비린내 풍기는 괴수가 꿈틀거리는 낌새를, 과장이 아니라 실감했던 것입니다.

아무하고도, 어울리지 않는다. 아무 데도, 찾아갈 수 없다.

호리키.

그야말로 농담이 진담이 된 격이었습니다. 그 쪽지에 쓴 대로, 저는 아사쿠사의 호리키를 찾아가기로 했습니다. 저는 지금껏 제 쪽에서 먼저 호리키네 집을 찾아간 적은 한 번도 없고, 대개 전보로 호리키를 불러들이곤 했습니다. 하지

* *La divina commedia.* 저승 세계로의 여행을 주제로, 13세기 이탈리아의 작가 단테가 1308년부터 죽기 직전 1321년 사이에 쓴 대표 서사시.

만 지금은 그 전보 요금조차 부담스럽고, 더구나 볼품없이 찌부러진 처지의 삐딱한 마음에서, 전보만 쳐서는 호리키가 와주지 않을지도 모른다는 생각에, 저로선 그 무엇보다 서툰 '방문'을 결심했고, 한숨지으며 전차를 탔습니다. 저한테, 이 세상에서 단 한 사람 믿고 의지할 데가 그 호리키라니! 절실히 깨닫고는, 어쩐지 등골이 오싹해지는 듯 섬뜩한 기척에 사로잡혔습니다.

호리키는 집에 있었습니다. 지저분한 골목 안 2층집으로, 호리키는 2층에 딱 하나뿐인 방을 사용하고, 아래층에는 호리키의 노부모가 젊은 직공과 셋이서, 게다 끈을 깁거나 두드려가며 신발을 만들고 있었습니다.

호리키는 그날, 도시 사람으로서 그의 새로운 일면을 제게 보여주었습니다. 그건 흔히 말해, 약삭빠른 성질입니다. 시골뜨기인 제가 화들짝 놀라 눈이 휘둥그레질 만큼, 차갑고 교활한 에고이즘이었습니다. 저처럼 그저 하염없이 떠내려가는 기질의 남자가 아니었습니다.

"자넨 정말 어이가 없군. 아버지가 허락하셨나? 아직이야?"

도망쳐 왔어,라고는 말할 수 없었습니다.

저는 여느 때처럼 얼버무렸습니다. 이제 곧 호리키가 알아차릴 게 분명한데도, 얼버무렸습니다.

"그건 어떻게든 될 테지."

"이봐, 웃을 일이 아니야. 충고하겠는데, 바보짓도 이쯤에서 관두라고. 난 오늘, 볼일이 좀 있어서 말이야. 요즘 무지무지 바쁘거든."

"볼일이라니, 어떤?"

"이봐, 이봐! 방석 실을 뜯지 말아줘!"

저는 이야기를 하면서 제가 깔고 앉은 방석의 시침실인지 묶음 끈인지, 네 귀퉁이의 그 장식 술 같은 실 한 가닥을 저도 모르게 손끝으로 만지작거리다가 확, 잡아당기고 있었던 것입니다. 호리키는 자기 집 물건이라면 방석 실 한 오라기마저 아까운 듯, 창피스러워하는 기색도 없이 그야말로 눈에 쌍심지를 켜고 저를 나무랐습니다. 생각해보면, 호리키는 지금껏 저와 교제하면서 무엇 하나 잃은 게 없었습니다.

호리키의 노모가 단팥죽 두 그릇을 쟁반에 담아 가져왔습니다.

"아! 이거 참."

호리키는 진심으로 효자인 양 노모를 향해 황송해하고, 말투도 부자연스러울 만큼 정중하게,

"죄송합니다. 단팥죽인가요? 굉장하네요! 이렇게 애쓰지 않으셔도 되는데. 볼일이 있어, 곧 외출해야 하거든요. 아니에요, 그래도 모처럼 최고 솜씨를 자랑하는 단팥죽을! 아깝잖아요. 잘 먹겠습니다. 자네도 한 그릇, 어때? 어머니가 일

부러 만들어주셨어. 아아! 이거 참 맛 좋은걸! 굉장해!"

이처럼 딱히 연극만은 아닌 듯 호들갑스레 반기며, 맛있게 먹습니다. 저도 그걸 후룩 마셔봤습니다만 더운물 냄새가 끼쳤고, 새알심을 먹었더니 그건 떡이 아니라 저로선 알 수 없는 무엇이었습니다. 결코 그 가난함을 경멸한 게 아닙니다. (저는 그때 그걸 맛없다고는 생각하지 않았고, 노모의 지극한 정성에도 가슴 뭉클했습니다. 제겐 가난에 대한 공포감은 있어도, 경멸감은 없는 줄 압니다.) 그 단팥죽, 그리고 그 단팥죽에 호들갑 떠는 호리키를 통해, 저는 도시인의 검소한 본성, 또한 안과 밖을 확실히 구분해 꾸려나가는 도쿄 사람 가정의 실체에 맞닥뜨렸습니다. 안팎 똑같고, 그저 끊임없이 인간 생활로부터 도망쳐 다니기만 하는 얼간이 저 한 사람만 완전히 뒤처져, 호리키한테조차 버림받은 듯한 낌새에 허둥지둥, 옻칠이 벗겨진 젓가락으로 단팥죽을 먹으며 참을 수 없이 쓸쓸한 심정이었다는 사실을, 적어두고 싶을 뿐입니다.

"미안한데, 난 오늘 볼일이 좀 있어서."

호리키는 일어나 윗옷을 입으며 말합니다.

"실례하겠네. 미안하군."

그때 호리키를 찾아온 여자가 있었고, 제 처지도 급변했습니다.

호리키는 단박에 쾌활해져서,

"아! 죄송합니다. 지금 막 당신한테 가 뵈려던 참이었는데, 이 사람이 별안간 찾아오는 바람에. 아니, 상관없습니다. 자아, 들어오세요."

어지간히 당황한 듯, 제가 마침 깔고 앉은 방석을 빼내 뒤집어 내민 걸 낚아채더니, 도로 뒤집어 그 여자에게 권했습니다. 방에는 호리키 방석 말고는, 손님 방석이 달랑 한 장밖에 없었습니다.

여자는 말랐고, 키가 큰 사람이었습니다. 그 방석은 곁으로 치우고, 입구 근처 한쪽 구석에 앉았습니다.

저는 멍하니 두 사람의 대화를 듣고 있었습니다. 여자는 잡지사 사람인 듯, 호리키에게 삽화인지 뭔지를 미리 부탁해둔 모양이고, 그걸 받으러 왔나 봅니다.

"서둘러야 해서."

"다 됐습니다. 벌써 일찌감치 다 됐습니다. 이겁니다, 보세요."

전보가 왔습니다.

호리키가 그걸 읽고, 기분 좋게 들뜬 그 얼굴이 순식간에 험악해지며,

"첫! 자네, 이거 어떻게 된 거야?"

넙치한테서 온 전보였습니다.

"아무튼, 당장 돌아가. 내가 자넬 데려다주면 좋겠지만, 난 지금 그럴 틈이 없어. 가출한 주제에, 그 태평스러운 낯

짝이라니!"

"댁이, 어느 쪽인가요?"

"오쿠보입니다."

불쑥 대답하고 말았습니다.

"그렇담, 회사 근처니까."

여자는 고슈 출신으로 스물여덟 살이었습니다. 다섯 살 된 여자아이와 고엔지 아파트에 살고 있었습니다. 남편과 사별한 지 3년 되었다고 했습니다.

"당신은 엄청 고생스레 자란 사람 같아요. 어찌나 재바른지. 가여워라."

처음으로 남자 첩 같은 생활을 했습니다. 시즈코(그 여기자의 이름이었습니다)가 신주쿠의 잡지사에 일하러 나간 뒤에는, 저와 시게코라는 다섯 살짜리 여자아이 단둘이, 얌전히 집을 지키게 되었습니다. 그때까진 엄마가 집을 비우면 시게코는 아파트 관리인 방에서 놀았던 모양인데, '재바른' 아저씨가 놀이 친구로 나타난 터라, 무척 신나 하는 기색이었습니다.

1주일 남짓 멍하니, 저는 그곳에 있었습니다. 아파트 창문 바로 가까이 전깃줄에 얏코 연* 하나가 걸려 엉키었고, 봄날 먼지바람을 맞아 찢어졌는데도 어지간히 끈덕지게 전깃줄

* 에도 시대 무가武家의 하인이 소매를 양쪽으로 뻗친 모습을 본떠 만든 연.

에 휘감겨 매달린 채 어쩐지 고개를 끄덕끄덕하기에, 저는 그걸 볼 때마다 쓴웃음 짓고, 얼굴을 붉히고, 심지어 꿈에도 나타나 가위눌렸습니다.

"돈이 있었으면."

"……얼마나?"

"많이…… 돈 떨어질 때가 사랑의 끝. 정말 그렇다니까."

"멍청하긴. 그런 케케묵은……"

"그래? 하지만 당신은 몰라. 이대로라면 난, 도망치게 될지도 몰라."

"대체, 어느 쪽이 가난해요? 그리고, 어느 쪽이 도망쳐요? 이상해."

"직접 돈을 벌어 그 돈으로 술, 아니 담배를 사고 싶어. 그림인들 호리키 따위보다, 내가 훨씬 잘 그린다고 봐."

이럴 때 제 뇌리에 저절로 떠오르는 건 중학교 시절에 그린, 다케이치가 이른바 '도깨비'라고 불렀던 자화상 몇 점이었습니다. 잃어버린 걸작. 번번이 이사 다니는 동안 잃어버리고 말았습니다만, 그것만은 확실히 빼어난 그림이었다는 느낌이 듭니다. 그 후 갖가지 그려봐도 그 추억 속 걸작품에는 까마득히 미치지 못해, 저는 늘 가슴이 텅 빈 듯 나른한 상실감에 줄곧 시달려왔습니다.

못다 마신 한 잔의 압생트.*

저는 그 영원히 채우기 힘들 듯한 상실감을, 남몰래 그렇게 형용했습니다. 그림 이야기가 나오면, 제 눈앞에 그 못다 마신 한 잔의 압생트가 어른거려, 아아! 그 그림을 이 사람에게 보여주고 싶어! 그리고 화가로서 내 재능을 믿게 하고 싶어! 이러한 초조감에 몸부림쳤습니다.

"후후, 그런가? 당신은 진지한 얼굴로 농담을 하니까 귀여워."

농담이 아니야, 정말이라고! 아아, 그 그림을 보여주고 싶어! 제자리에서 헛돌 뿐인 번민 끝에, 퍼뜩 마음을 바꾸어 체념하고,

"만화. 적어도 만화라면, 호리키보단 낫다고 봐."

이처럼 얼버무리는 익살로 해본 말을, 되레 진지하게 믿어주었습니다.

"그래요. 나도 사실 감탄했거든. 시게코한테 늘 그려주는 만화, 그만 나까지 쿡쿡 웃음이 터진다니까. 해보는 게 어때요? 우리 회사 편집장에게 부탁해줄 수 있는데."

그 회사는 어린이 대상으로, 그리 이름이 알려지지 않은 월간 잡지를 발행하고 있었습니다. ……당신을 보면, 대부분 여자는 무얼 해주고 싶어 안절부절못하지. ……언제나

* absinthe. 프랑스, 스위스 등 산에서 나는 압생트쑥의 꽃이나 잎으로 향미를 낸 녹색 술. 예술가들에게 영감을 준 데서 '초록 요정의 술'로 불리기도 했다. 압생트를 즐긴 예술가로는 헤밍웨이, 랭보, 고흐 등이 꼽힌다.

흠칫흠칫 겁먹고, 그런데도 얼마나 재미난 사람인지! ……
이따금 혼자, 엄청 침울해져 있는데, 그 모습이 한층 더 여자 마음을, 부추기거든.

시즈코가 그 밖에 이런저런 이야기로 치켜세워줘도, 그것이 바로 남자 첩의 추잡스러운 특질이다, 라고 생각하면 그야말로 점점 더 '침울해질' 뿐, 도무지 기운이 나지 않았습니다. 여자보다 돈, 어쨌건 시즈코한테서 벗어나 자립하고 싶다고 몰래 마음먹고 이래저래 궁리해보건만, 오히려 점점 시즈코에게 의지할 수밖에 없는 지경이 되어, 가출 뒷수습이니 뭐니 거의 전부, 남자 빰치는 이 고슈 여자의 보살핌을 받으니, 더욱더 저는 시즈코를 대할 때 이른바 '흠칫흠칫'하지 않을 수 없는 결과가 되고 말았습니다.

시즈코의 주선으로 넙치, 호리키 그리고 시즈코 세 사람의 면담이 이루어졌고, 저는 고향에서 완전히 절연당했습니다. 그러고는 시즈코와 '떳떳이' 동거하게 되었는데, 이 또한 시즈코가 뛰어다니며 애쓴 덕분에 제 만화도 뜻밖에 돈이 되어, 저는 그 돈으로 술도, 담배도 샀습니다만 저의 불안, 울적함은 점점 쌓여만 갔습니다. 그야말로 '침울'에 '침울'이 더해져, 시즈코네 잡지의 월간 연재만화 「긴타 씨와 오타 씨의 모험」을 그리고 있노라면, 불현듯 고향 집이 생각나고, 하도 쓸쓸한 나머지 펜이 움직여지지 않아, 고개를 떨군 채 눈물을 흘린 적도 있습니다.

그러할 때 제게 흐릿한 구원은, 시게코였습니다. 시게코는 그즈음 저를, 아무 거리낌 없이 '아빠'라고 불렀습니다.

"아빠, 기도하면 하느님이 뭐든 주신대. 진짜?"

저야말로, 그 기도를 하고 싶다고 생각했습니다.

아아! 내게 차가운 의지를 주소서. 내게, '인간'의 본질을 알게 하소서. 사람이 사람을 밀어제쳐도, 죄 아닌가요. 내게, 분노의 마스크를 주소서.

"응, 그래. 시게짱한테는 뭐든 주실 테지만, 아빠는 안 될지도 몰라."

저는 신에게조차 겁먹고 있었습니다. 신의 사랑은 믿지 못하고, 신의 벌만을 믿었습니다. 신앙. 그건 오직 신의 채찍을 받기 위해, 고개를 떨군 채 심판대로 향하는 것이라는 느낌이 들었습니다. 지옥은 믿을 수 있어도, 천국의 존재는 도저히 믿을 수 없었습니다.

"어째서, 안 돼?"

"부모님 말씀을 안 들었으니까."

"그래? 아빤 아주 좋은 사람이라고, 모두 그러던데."

그건 속이고 있기 때문이야. 이 아파트 사람들 모두가 내게 호감을 보이는 건 나도 알고 있다. 하지만 나는 얼마나 모두를 두려워하고 있는지! 두려워하면 할수록 좋아해주고, 그러면 이쪽은 상대가 좋아해주면 그럴수록 두려워져, 모두에게서 멀어져갈 수밖에 없는 이 불행한 기벽을, 시게코한테 알아듣게 설명하기란 지극히 어려운 일이었습니다.

"시게짱은, 하느님에게 무얼 받고 싶어?"

저는 아무렇지 않은 듯 말머리를 돌렸습니다.

"시게코는, 시게코의 진짜 아빠를 갖고 싶어."

섬뜩 놀라, 어찔어찔 현기증이 났습니다. 적敵. 내가 시게코의 적인지, 시게코가 나의 적인지, 아무튼 여기에도 나를 위협하는 무시무시한 어른이 있다! 타인, 이해할 수 없는 타인, 비밀투성이 타인. 시게코의 얼굴이 다짜고짜 그렇게 보였습니다.

시게코만은,이라고 생각했는데 역시나 이 아이도 그 '느닷없이 등에를 때려죽이는 소꼬리'를 가지고 있었습니다. 저는 그 후로 시게코에게조차 흠칫흠칫할 수밖에 없었습니다.

"색마色魔! 있나?"

호리키가 다시 저를 찾아오게 되었습니다. 그때 가출하던 날, 그토록 나를 쓸쓸하게 만든 남자이건만, 그래도 저는 거부하지 못한 채 희미한 웃음으로 맞이했습니다.

"자네 만화, 상당히 인기가 많다면서? 아마추어한텐, 무서운 걸 모르는 똥배짱이 있으니 못 당해. 한데, 방심하지 마. 데생이 영 글러먹었으니까."

마치 스승이라도 된 듯한 태도마저 내비칩니다. 나의 그 '도깨비' 그림을, 이 녀석에게 보여주면 어떤 표정을 지으려나? 하고, 예의 제자리에서 헛도는 몸부림을 치며,

"그런 말은 하지 말아줘. 으악! 하고 비명이 터지는걸."

호리키는 점점 더 우쭐해져서,

"처세 재능만으론, 언젠간 바닥이 드러나니까."

처세 재능. ……저는 참으로 쓴웃음을 지을 수밖에 없었습니다. 제게, 처세 재능! 그러나 저처럼 인간을 두려워하고, 피하고, 속이는 건, 예의 속담 '긁어 부스럼을 만들지 않는다'라는 영리하고 교활한 처세술을 따르는 것과 마찬가지 모양새가 되고 마는 셈일까요? 아아! 인간은 서로, 상대를 전혀 알지 못합니다. 완전히 잘못 보고서도 둘도 없는 친구라 여기며, 평생 그걸 깨닫지 못한 채 상대가 죽으면, 울면서 조사弔詞 따위를 읽는 게 아닐까요?

호리키는 여하튼 (그건 시즈코의 부탁에 떼밀리다시피 마지못해 떠맡았을 게 틀림없습니다만) 제 가출의 뒷수습을 함께 해준 사람인 터라, 이젠 흡사 제 갱생의 대은인 또는 중매인이라도 되는 양 거들먹거리며 점잔 빼는 표정으로 제게 설교 투의 말을 늘어놓는가 하면, 한밤중 곤드레만드레 취해 찾아와 묵거나, 또한 5엔(어김없이 5엔이었습니다)을 빌려가기도 했습니다.

"한데 자네, 여자 놀음도 이쯤에서 그만둬. 이 이상은 세상이, 허용치 않으니까."

세상이란, 대체 무엇일까요? 인간의 복수複數일까요? 어디에, 그 세상이라는 것의 실체가 있는 걸까요? 하지만 어쨌든,

강하고 엄격하고 무서운 것. 오직 이렇게 생각하며 여태껏 살아왔습니다만, 그런데 호리키에게 그리 듣고 보니 퍼뜩,

"세상이란, 자네 아닌가?"

이 말이 혀끝까지 내걸렸다가, 호리키를 화나게 하는 것이 싫어, 도로 들이켰습니다.

(그건 세상이, 허용치 않아.)

(세상이 아니야. 당신이, 허용치 않는 거죠?)

(그런 짓 했다간, 세상으로부터 참혹한 꼴을 당해!)

(세상이 아니야. 당신일 테죠?)

(곧 세상으로부터 매장당해.)

(세상이 아니야. 매장하는 건, 당신일 테죠?)

너는, 너 개인의 무시무시함, 괴기스러움, 악랄함, 능구렁이 같은 음흉함, 요괴 할멈 기질을 알아라! 따위 온갖 말이 가슴속을 오갔습니다만, 저는 그저 얼굴의 땀을 손수건으로 닦으며,

"식은땀, 식은땀."

이렇게 말하고 웃었을 뿐입니다.

하지만 그때 이후 저는 (세상이란 개인이 아닌가)라는, 사상 비슷한 것을 갖게 되었습니다.

그리하여 세상이라는 건 개인이 아닐까,라고 생각하기 시작하면서 저는 지금까지보다 다소 제 의지로 움직일 수 있게 되었습니다. 시즈코의 말을 빌리자면, 저는 조금 제멋대

로 굴고, 흠칫흠칫하지 않게 되었습니다. 또 호리키의 말을 빌리자면, 어쩐지 구두쇠가 되었습니다. 또 시게코의 말을 빌리자면, 그다지 시게코를 귀여워하지 않게 되었습니다.

말수도 적고, 웃지도 않고, 매일매일 시게코를 돌보면서 「긴타 씨와 오타 씨의 모험」, 또 「만사태평 아빠」의 확실한 아류 「만사태평 스님」, 또 「성질 급한 핀짱」 같은, 저 스스로 도통 알 수 없는 자포자기적인 제목의 연재만화 따위를, 각 회사의 청탁(띄엄띄엄, 시즈코네 회사 말고도 청탁이 들어오게 되었습니다만, 그건 죄다 시즈코네 회사보다 훨씬 더 천박한 소위 삼류 출판사의 청탁뿐이었습니다)에 응하여 참으로, 참으로 음울한 기분으로 느릿느릿, (저의 붓놀림은 무척이나 느린 편이었습니다) 지금은 그저 술값만 바라고서 그림을 그렸습니다. 그러다 시즈코가 회사에서 돌아오면 교대해 휭하니 밖으로 나가, 고엔지역 근처 포장마차나 스탠드바에서 독한 싸구려 술을 마시고, 살짝 거나해져 아파트로 돌아와,

"보면 볼수록 희한한 얼굴이네, 당신은. 만사태평 스님 얼굴은, 사실 당신의 잠든 얼굴에서 힌트를 얻었지."

"당신의 잠든 얼굴도 폭삭 늙었답니다. 마흔 줄 아저씨 같아."

"당신 탓이야. 기력이 빨리고 말았지. 흐르는 물, 사람의 신세—. 무얼 끙끙대나, 냇가의 버드나무우—."

"떠들지 말고 어서 주무세요. 아니면, 식사하실래요?"

차분한 태도로, 아예 상대해주지 않습니다.

"술이라면 마시겠는데. 흐르는 물, 사람의 신세—. 흐르는 사람, 아니, 흐르는 물—, 물의 신세—."

노래하는 사이, 시즈코는 옷을 벗겨주었고, 시즈코의 가슴에 제 이마를 갖다 대고 잠들어버리는, 그것이 저의 일상이었습니다.

하여 그다음 날도 똑같은 일을 되풀이하고,
어제와 다름없는 관습을 따르면 돼.
사납고 거대한 환락을 피하기만 한다면,
으레 거대한 비애 또한 찾아오지 않아.
앞길을 가로막는 성가신 돌을
두꺼비는 빙 돌아서 지나가네.

우에다 빈*이 번역한 기 샤를 크로**라는 사람의 이런 시구를 발견했을 때, 저는 혼자 화끈 달아오를 만큼 얼굴을 붉혔습니다.

* 上田敏(1874~1916). 시인, 평론가, 영문학자. 서구 시인들의 작품을 모은 번역시집으로 『해조음海潮音』(1905)이 있다.

** Guy Charles Cros(1842~1888). 프랑스 시인, 발명가. 아르튀르 랭보와 20세기 프랑스 상징주의자들에게 영향을 끼쳤다.

두꺼비.

(그게 나다. 세상이 허용할 것도, 허용치 않을 것도 없어. 매장할 것도, 매장하지 않을 것도 없어. 난, 개보다도 고양이보다도 열등한 동물이야. 두꺼비. 엉금엉금 꾸물거릴 뿐이지.)

저의 음주는 차츰 그 양이 늘어만 갔습니다. 고엔지역 근처뿐만 아니라 신주쿠, 긴자 쪽까지 가서 마시고, 심지어 외박하는 일도 있었습니다. 오로지 이젠 '관습'을 따르지 않으려고, 바에서 무뢰한 행세를 하거나 냅다 닥치는 대로 키스해버리고, 이를테면 다시 그 정사 사건 이전, 아니 그 무렵보다 한결 스산해져 야비한 술꾼이 되었고, 돈에 쪼들려 시즈코의 옷가지를 슬쩍 들고 나올 정도가 되었습니다.

이곳에 와서 그 찢어진 얏코 연에 쓴웃음 지은 지 1년 더 지나, 벚나무에 새잎 돋을 즈음, 저는 또다시 시즈코의 기모노 띠며 속옷을 몰래 들고 나와 전당포에 가서 돈을 마련해 긴자에서 마시고, 이틀 밤 연거푸 외박하고 사흘째 밤, 그제야 거북살스러운 심정으로, 저도 모르게 발소리를 죽인 채 아파트의 시즈코 방 앞까지 왔는데, 안에서 시즈코와 시게코의 대화가 들립니다.

"왜 술을 마셔?"

"아빠 말이야, 술을 좋아해서 마시는 게 아니란다. 너무나 좋은 사람이니까, 그러니까……"

"좋은 사람은, 술을 마셔?"

"그런 건 아니지만……"

"아빤 틀림없이, 깜짝 놀라겠지?"

"싫어할지도 몰라. 어머! 어머! 상자 밖으로 튀어나왔네!"

"성질 급한 핀짱 같아."

"그러네."

시즈코의, 진심으로 행복해 보이는 나직한 웃음소리가 들렸습니다.

제가 문을 살포시 열고 안을 들여다봤더니, 하얀 아기 토끼였습니다. 깡충깡충 온 방 안을 뛰어 돌아다니고, 엄마와 딸은 토끼를 뒤쫓았습니다.

(행복하잖아, 이 사람들은. 나라는 멍청이가 이 두 사람 사이에 끼어들어, 머잖아 두 사람을 엉망진창 망쳐놓겠지. 조촐한 행복. 착한 모녀. 행복을, 아아! 만약 하느님이 나 같은 이의 기도라도 들어주신다면, 단 한 번, 평생 단 한 번만이라도 좋아, 기도하련다.)

저는 거기에 웅크리고 앉아, 두 손을 모으고 싶은 심정이었습니다. 살짝 문을 닫고, 저는 다시 긴자로 갔고, 그 후로 그 아파트에는 돌아가지 않았습니다.

그리하여 교바시 근처 스탠드바 2층에서 저는, 다시금 남자 첩 처지로 드러눕게 되었습니다.

세상. 그럭저럭 저도, 어슴푸레 그걸 이해할 수 있게 된 듯한 느낌이었습니다. 개인과 개인의 다툼, 더구나 바로 즉

석에서 벌어지는 다툼이고, 더구나 즉석에서 이기면 돼. **인간은 결코 인간에게 복종하지 않아**. 노예조차 노예다운 비굴한 앙갚음을 하는 법이다. 그러니까 인간은 즉석의 단판 승부를 걸지 않고선, 살아남을 방도가 없는 거야. 대의명분이랍시고 내세우면서도, 노력의 목표는 어김없이 개인, 개인을 타고 넘어 다시 개인. 세상의 난해함은 개인의 난해함. 대양ocean은 세상이 아니라, 개인이야. 이렇듯 세상이라는 큰 바다의 환영에 대한 두려움에서 다소 해방되어, 예전만큼 이리저리 끝없이 마음 쓰지도 않고, 말하자면 당장 코앞의 필요에 따라 얼마간 뻔뻔스레 처신하는 것을 익히게 되었습니다.

고엔지의 아파트를 버리고, 교바시의 스탠드바 마담에게,

"헤어지고 왔어."

이렇게만 말하고 그걸로 충분. 즉 단판 승부가 정해지고, 그날 밤부터 저는 막무가내로 그곳 2층에 기거하게 되었습니다. 그러나 무시무시한 '세상'은 제게 아무런 위해도 가하지 않았고, 저 역시 '세상'에 대해 아무런 변명도 하지 않았습니다. 마담이 그리할 생각이면, 그걸로 모든 게 괜찮았습니다.

저는 그 가게의 손님 같기도 하고, 남편 같기도 하고, 심부름꾼 같기도 하고, 친척 같기도 하여, 남들 보기에 그야말로 정체를 알 수 없는 존재였을 텐데도, '세상'은 조금도 의

심하지 않았습니다. 그리고 그 가게의 단골손님들도 저를 요짱, 요짱, 하고 부르며 무척 다정스레 대하는 데다 술도 사주었습니다.

저는 세상을 대하는 데, 점차 조심하지 않게 되었습니다. 세상이란 그토록 무시무시한 곳이 아니다,라고 생각하게 되었습니다. 요컨대 지금까지 제 공포감은 봄바람 속에 백일해 세균이 몇십만, 대중목욕탕에는 눈을 멀게 하는 세균이 몇십만, 이발소에는 탈모증 세균이 몇십만, 전차 손잡이에는 옴벌레가 우글우글, 또는 생선회, 덜 익힌 쇠고기와 돼지고기에는 촌충 애벌레인지 디스토마인지 무슨 무슨 알이 어김없이 숨어 있고, 또 맨발로 걸으면 발바닥에 쪼그만 유리 파편이 박혀, 그 파편이 몸속을 돌아다니다가 눈알을 찔러 실명하게 만들기도 한다는, 이를테면 '과학의 미신'에 협박당하는 거나 마찬가지였습니다. 그야 분명히 몇십만이나 되는 세균이 떠다니며 꿈지럭거리는 것은, '과학적'으로도 정확한 사실일 테지요. 이와 동시에 그 존재를 완전히 묵살하기만 하면, 그건 자신과 털끝만큼의 관련도 없이 순식간에 사라지고 마는 '과학의 유령'에 불과하다는 사실도, 저는 알게 되었습니다. 도시락 그릇에 못다 먹은 밥알 세 톨, 천만 명이 하루에 세 톨씩 못다 먹고 남겨도 이미 그건, 쌀 몇 섬을 허투루 내다 버린 셈이 된다, 또는 날마다 코 푸는 휴지 한 장의 절약을 천만 명이 실행한다면, 얼마만큼의 펄프가

남는가 따위 '과학적 통계'에, 나는 얼마나 협박당했는지! 밥알을 한 톨이라도 먹다 남길 때마다, 또 코를 풀 때마다, 산더미만 한 쌀, 산더미만 한 펄프를 허비하는 듯한 착각에 괴로웠고, 내가 지금 중대한 죄를 저지르고 있는 듯 어두운 심정이 되었습니다. 하지만 그거야말로 '과학의 거짓' '통계의 거짓' '수학의 거짓'입니다. 밥알 세 톨은 모을 수도 없고, 곱셈 나눗셈의 응용문제로도, 참으로 원시적이고 저능한 테마입니다. 전등이 꺼진 컴컴한 변소, 그 구멍에 사람은 몇 번에 한 번꼴로 한쪽 발을 헛디뎌 떨어지는가, 또는 전차 출입문과 플랫폼 가장자리 그 틈새에, 승객 몇 명 중 몇 명이 발을 빠뜨리는가. 그런 있음 직한 확률을 계산하는 거나 마찬가지로 터무니없고, 이는 자못 있을 수 있는 일인 듯하나, 변소 구멍 양쪽으로 가랑이를 잘못 걸치고 앉아 다쳤다는 사례는 전혀 듣지 못했습니다. 그러한 가설을 '과학적 사실'이라 교육받고, 이를 완전히 현실로 받아들여 두려워해온 어제까지의 자신이 애처로워 웃고 싶어졌을 만큼, 저는 세상이라는 것의 실체를 조금씩 알게 된 셈이었습니다.

그렇긴 하나 역시 인간이라는 건 아직도 제겐 무시무시하여, 가게 손님을 만나려면 기필코 술을 컵으로 한 잔 벌컥 들이켜야만 했습니다. 무서운 건 되레 보고 싶어지는 법. 저는 매일 밤, 그럼에도 가게에 나가, 마치 아이가 사실 좀 무서워하는 새끼 동물을 오히려 힘껏 꽉 움켜잡아버리듯, 가게 손님 앞에서 술에 취한 채 변변찮은 예술론을 떠벌리기까지 했습니다.

만화가. 아아! 그러나 나는 거대한 환락도, 거대한 비애도 없는 무명의 만화가. 그 어떤 거대한 비애가 뒤따른들 괜찮아. 사납고 거대한 환락을 원해. 이렇게 마음속으론 조바심하면서도, 저의 현재 기쁨이란 손님과 허튼 이야기를 주고받고, 손님의 술을 마시는 일뿐이었습니다.

교바시로 와서, 이런 형편없는 생활을 이미 1년 남짓 이어왔습니다. 제 만화도 어린이 대상 잡지뿐만 아니라 역에서 파는 조잡하고 외설스러운 잡지 따위에도 실리게 되어, 저는 '上司幾太'*(정사情死, 살았다)라는 장난질 가득한 익명으로 상스러운 알몸 그림을 그렸고, 거기에 대개 『루바이야트』** 시구를 삽입했습니다.

> 헛된 기도 따윈 관두라니까
> 눈물 쥐어짜는 것 따윈 내팽개쳐버려
> 자아, 한잔하지! 좋은 일만 떠올리고
> 괜한 걱정 따윈 잊어버려

* '조시 이키타'라고 읽어, 동반 자살에서 살아남았음을 함의한다.

** *Rubáiyát*. 페르시아 시인 오마르 하이얌의 4행 시집. 무신론적·현세주의적 경향이 두드러진다. 영국의 시인 피츠제럴드에 의해 영역 출판되면서 세계적으로 유명해졌다.

불안과 공포로 사람을 협박하는 놈들은
스스로 지은 가당찮은 죄에 겁먹고
죽은 이의 복수에 대비하려
제 머릿속 연신 계략을 꾸미네

어젯밤 술 넘쳐 내 마음은 기쁨 넘치더니
오늘 아침 눈뜨니 그저 황량해
수상하여라 하룻밤 사이
일변해버린 이 기분이여

응보 따위 생각은 그만두게나
저 멀리 울리는 북소리처럼
어쩐지 그놈은 불안해
방귀 뀐 거까지 일일이 죗값을 물어서야 어찌 사나

정의는 인생의 지침이라고?
그러면 피로 물든 전쟁터에
암살자의 칼끝에
무슨 정의가 머무는가?

어디에 지도 원리指導原理 있는가?

어떠한 예지의 빛 있는가?
아리따우나 무시무시함은 속세이니
가녀린 사람의 아들은 못다 짊어질 짐을 지고

어찌할 수 없는 정욕의 씨앗이 심긴 탓에
선이다 악이다 죄다 벌이다 하고 저주받을 뿐
어찌할 수 없이 그저 허둥거릴 뿐
억눌러 꺾을 힘도 의지도 물려받지 못한 탓에

어딜 그리 헤매며 돌아다녔나
뭐야, 비판 검토 재인식?
쳇, 헛된 꿈을, 있지도 아니한 환幻을
어험, 술을 깜빡했으니 죄다 멍청한 생각이지

어때, 이 끝없이 드넓은 하늘 좀 봐
그 가운데 폴짝 떠 있는 점이야
이 지구가 어째서 자전하는지 알까 보냐
자전 공전 반전反轉도 제멋대로지

이르는 곳마다 지고의 힘을 느끼고
온갖 나라에 온갖 민족에
같은 인간성을 발견하는

나는 이단자일런가

다들 성경을 잘못 읽고 있지
그러잖고는 상식도 지혜도 없어
살아 있는 몸의 기쁨을 금하고 술을 끊고
됐어, 무스타파, 난 그런 거 엄청 싫어

하지만 그 무렵 제게, 술을 끊어요,라고 권하는 처녀가 있었습니다.

"안 돼요. 날마다 대낮부터, 술 취하시면."

바 건너편, 작은 담뱃가게의 열일고여덟 살 된 아가씨였습니다. 요시짱으로, 살결이 뽀얗고 덧니가 난 아이였습니다. 제가 담배를 사러 갈 때마다, 웃으며 충고했습니다.

"왜 안 돼? 어째서 나쁜 거야? 맘껏 술을 마시고, 사람의 아들이여! 증오를 지워라, 지워라, 지워라! 그랬었지, 옛날 페르시아, 아니 관두자. 슬픔으로 지친 마음에 희망을 건네는 건, 오직 취기를 몰고 오는 술잔이리니! 하고 말이야. 알겠어?"

"몰라요."

"이 녀석. 키스할 테다."

"해줘요."

전혀 주눅 들지 않고 아랫입술을 쑥 내밉니다.

"바보 녀석. 정조 관념……"

그러나 요시짱의 표정에선, 분명히 누구한테도 더럽혀지지 않은 처녀 내음이 났습니다.

새해가 되어 매섭게 추운 밤, 저는 취해서 담배를 사러 나갔다가, 그 담뱃가게 앞 맨홀에 빠졌습니다. 요시짱! 살려줘! 소리쳤고, 요시짱이 끌어 올려주었습니다. 오른팔에 난 상처도 요시짱이 치료해주었는데, 그때 요시짱은 절실하게,

"너무 마시잖아요."

웃지도 않고 말했습니다.

저는 죽는 건 태연스럽지만, 다쳐서 피를 흘리고 불구자가 되는 건 딱 질색이기에, 요시짱에게 팔 상처를 치료받으면서, 술도 이제 이쯤에서 끊을까, 생각했습니다.

"끊을게. 내일부터, 한 방울도 안 마실게."

"정말?"

"꼭, 끊을게. 끊으면, 요시짱, 내 색시가 되어줄래?"

하지만 색시 이야기는 농담이었습니다.

"모치!"

'모치'란 '모치론'*의 줄임말이었습니다. 모보**라느니 모가***라느니, 그즈음 여러 줄임말이 유행하고 있었습니다.

* '물론'이라는 뜻.

** 모던 보이.

"좋았어! 새끼손가락 걸자! 꼭 끊을게."

그러고는 이튿날, 저는 역시나 대낮부터 마셨습니다.

해 질 녘 비칠비칠 밖으로 나가, 요시짱의 가게 앞에 서서,

"요시짱, 미안. 마셔버렸어."

"어머! 싫어요. 괜히 취한 척하잖아."

화들짝 놀랐습니다. 취기도 싹 가신 기분이었습니다.

"아니, 정말이야. 정말로 마셔버렸어. 취한 척 따위 하는 게 아니라고."

"놀리지 마요. 사람이 못됐어."

아예 의심하려 들지 않습니다.

"보면 알 텐데 그러네. 오늘도, 대낮부터 마셨어. 용서해줘."

"연극이, 훌륭하시네요."

"연극이 아니야, 바보 녀석. 키스할 테다."

"해줘요."

"아니, 내겐 자격이 없어. 색시로 삼는 것도 단념해야만 해. 얼굴 좀 보라고. 빨갛잖아? 마셔버렸어."

"그야, 저녁 해가 비쳐서 그런 거죠. 은근슬쩍 속이려 해봤자, 틀렸어요. 어제 약속한걸요. 마실 턱이 없잖아요? 새끼손가락을 걸었거든요. 마셨다 따윈 거짓말, 거짓말, 거짓말."

어두한 가게 안에 앉아 미소 짓고 있는 요시짱의 뽀얀 얼

*** 모던 걸.

굴. 아아! 더러움을 모르는 순결virginity은 고귀한 것. 나는 지금껏, 나보다 어린 처녀와 자본 적이 없어. 결혼하자. 이로 인해 그 어떤 거대한 비애가 뒤따른들 상관없어. 사납도록 거대한 환락을, 평생 한 번이라도 좋아. 처녀성의 아름다움이란 멍청한 시인의 물러 빠진 감상의 환영에 불과하다고 여겼건만, 역시 이 세상에 살아 존재하는 것이구나. 결혼해 봄이 되면 둘이서 자전거를 타고 신록 가득한 폭포를 보러 가자. 이렇게 그 자리에서 결심하고 이른바 '단판 승부'로, 그 꽃을 훔치는 데 주저하지 않았습니다.

그렇게 우리는 머지않아 결혼했고, 이로써 얻은 환락은 딱히 거대하진 않았지만, 그 후 찾아온 비애는 처참하다는 말로도 부족하리만큼, 실로 상상을 뛰어넘어, 거대하게 닥쳤습니다. 제게 '세상'은 여전히 깊이를 알 수 없는, 무시무시한 곳이었습니다. 결코 그런 단판 승부 따위로 하나에서 열까지 죄다 결정되어버리는, 그런 호락호락한 곳이 아니었습니다.

2

호리키와 나.

서로 경멸하면서 교제하고, 그러다 서로 자신을 쓸모없이 만들어버리는 게 이 세상의 소위 '교우'라는 것의 모습이라면, 저와 호리키도 그야말로 '교우' 사이가 틀림없었습니다.

저는 그 교바시 스탠드바 마담의 의협심에 기대어, (여자의 의협심이라니 기묘한 표현을 썼습니다만, 제 경험에 따르면 적어도 **도시** 남녀의 경우, 남자보다 여자 쪽이 그 의협심이라고 할 만한 걸 넉넉히 지니고 있었습니다. 남자는 대개 쭈뼛쭈뼛 겁내고 체면치레만 그럴싸한 데다, 구두쇠였습니다) 그 담뱃가게 요시코를 내연의 아내로 삼을 수 있었습니다. 그리하여 쓰키지, 스미다강 근처 2층짜리 목조 건물의 작은 아파트 1층에 방 하나를 빌려 둘이 살면서 술은 끊고, 이제 슬슬 저의 안정된 직업이 되어가는 만화 일에 힘을 쏟고, 저녁 식사 후엔 둘이서 영화를 보러 나갔다가, 돌아오는 길에 찻집에 들르거나 또 화분을 사기도 하면서, 아니 그보다도 저를 진심으로 신뢰해주는 이 어린 신부의 말을 듣고 몸놀림을 바라보는 게 즐거웠습니다. 어쩌면 나도, 이제 차츰 인간다움이 갖추어져, 비참한 죽음 따윈 면하는 게 아닐까. 이처럼 달콤한 생각을 어렴풋이 가슴에 품기 시작하던 바로 그때, 호리키가 다시 제 눈앞에 나타났습니다.

"어이! 색마. 어렵쇼? 그래도 얼추 뭘 좀 아는 얼굴이 되었군. 오늘은 고엔지 여사의 심부름꾼으로 왔는데."

말하다 말고 갑자기 목소리를 낮추어, 부엌에서 차를 준비하고 있는 요시코 쪽을 턱으로 가리키며, 괜찮아? 하고 묻

기에,

"상관없어. 무슨 말이든 괜찮아."

저는 차분히 대답했습니다.

참으로 요시코는 신뢰의 천재라고 할 만큼, 교바시 바 마담과의 사이는 물론, 제가 가마쿠라에서 일으킨 사건을 일러줘도 쓰네코와의 사이를 의심하지 않았습니다. 이는 제 거짓말 솜씨가 훌륭해서가 아니라, 더러 노골적인 표현까지 써가며 말했는데도, 요시코한테는 그것이 죄다 농담으로밖에 들리지 않는 모양이었습니다.

"변함없이 우쭐거리기는! 아니 뭐, 대단한 건 아니고, 가끔은 고엔지 쪽으로도 놀러 와달라는 전달 말씀."

잊을 만하면 괴조怪鳥가 날개를 푸드덕거리며 찾아와, 기억의 생채기를 그 주둥이로 찢어 헤집습니다. 순식간에 과거의 부끄러움과 죄의 기억이 생생하게 눈앞에 전개되면서, 으악! 소리치고 싶을 정도의 공포감에, 더는 앉아 있을 수가 없습니다.

"마실까?"

내가 말하면,

"좋지!"

답하는 호리키.

나와 호리키. 생김새는, 둘이 닮았습니다. 고스란히 빼닮은 인간인 듯한 느낌이 들기도 했습니다. 물론 그건 싸구려 술을 이곳저곳 돌아다니며 마실 때만 그러했고, 아무튼 둘이 얼굴을 마주치기 무섭게, 똑같은 생김새에 똑같은 털을 지닌 개로 변해, 눈 내리는 번화가를 마구 뛰어다니는 형편이었습니다.

그날 이후 우리는 다시 옛정을 새로이 나눈 꼴로, 교바시의 그 작은 바에도 함께 갔고, 마침내 고엔지의 시즈코네 아파트에도 고주망태가 되도록 취한 개 두 마리가 방문해, 숙박하고 돌아오는 따위 일조차 벌어지고 말았습니다.

잊을 수도 없습니다. 후텁지근한 여름밤이었습니다. 호리키는 해 질 녘, 구깃구깃해진 유카타를 입고 쓰키지의 제 아파트에 찾아와, 오늘 꼭 필요한 일이 생겨 여름옷을 전당 잡혔는데 노모에게 그 사실이 알려지면 난감하기 짝이 없다, 당장 되찾고 싶으니 암튼 돈을 좀 빌려줘,라고 했습니다. 공교롭게도 저 역시 가진 돈이 없었기에, 여느 때처럼 요시코에게 그녀의 옷가지를 전당포에 들고 가도록 일러, 돈을 마련했습니다. 호리키에게 빌려주고도 아직 조금 남은 그 돈으로 요시코에게 소주를 사 오라 하고, 아파트 옥상으로 올라가, 스미다강에서 이따금 희미하게 불어오는 퀴퀴한 바람을 맞으며, 참으로 지저분한 납량 잔치를 벌였습니다.

우리는 그때 희극 명사, 비극 명사 알아맞히기 놀이를 시작했습니다. 이것은 제가 발명한 유희로, 명사에는 모두 남성 명사, 여성 명사, 중성 명사 등이 따로 있는데, 이와 동시에 희극 명사, 비극 명사의 구별도 당연히 있어야 한다, 예를 들면 기선과 기차는 둘 다 비극 명사이고, 전차와 버스는 둘 다 희극 명사, 어째서 그러한가, 그걸 이해하지 못하는 자는 예술을 논할 게 못 된다, 희극에 하나라도 비극 명사를 끼워 넣은 극작가는 이미 그것만으로 낙제, 비극의 경우 또한 그러하다, 대충 이런 이치였습니다.

"준비됐어? 담배는?"

제가 묻습니다.

"트라. (비극tragedy 약어)"

호리키가 단박에 대답합니다.

"약은?"

"가루약? 알약?"

"주사."

"트라."

"그런가? 호르몬 주사도 있는데."

"아니, 결단코 트라! 이봐, 바늘이 무엇보다 멋들어진 트라 아냐?"

"좋아. 그렇다고 봐주지. 하지만 자네, 약이나 의사는 말이야, 그거 뜻밖에 코메(희극comedy 약어)라고. 죽음은?"

"코메. 목사도 스님도 그렇지."

"훌륭해! 그리고, 삶은 트라?"

"틀렸어. 그것도 코메."

"아니, 그래서는 이것저것 모조리 코메가 되어버려. 그렇담 하나 더 묻겠는데, 만화가는? 설마, 코메라고는 말할 수 없을 테지?"

"트라, 트라. 대비극 명사!"

"뭐? 대大트라는 자네잖아."

이렇듯 서툰 신소리 주고받기가 되어버려선 시시합니다만, 그래도 우리는 그 유희를 세계 어느 살롱에도 일찍이 없었던 대단히 기발한 것이라며 의기양양했습니다.

또 한 가지, 이와 비슷한 유희를 그 무렵 저는 발명했습니다. 그것은 반의어 알아맞히기 놀이였습니다. 검정의 안트(반의어antonym 약어)는 하양. 그렇지만 하양의 안트는 빨강. 빨강의 안트는 검정.

"꽃의 안트는?"

제가 물으니 호리키는 입을 비쭉거리며 생각하고,

"흐으음, 화월花月이라는 요릿집이 있으니까, 달이지."

"아니, 그건 안트가 되지 않아. 오히려 동의어synonym야. 별과 제비꽃도, 시노님이잖아? 안트가 아니야."

"알았어. 그러면, 벌蜂이야."

"벌?"

"모란에…… 개미?"

"뭐야! 그건 그림 제목이지. 어물어물 넘기면 안 돼."

"알았어! 꽃에 떼구름……"

"달에 떼구름*일 테지?"

"그래, 그래. 꽃에 바람. 바람이야. 꽃의 안트는, 바람."

"형편없네! 그건 나니와부시** 구절 아니야? 출신이 드러나는군."

"아니, 비파琵琶.***"

"더 엉망이야. 꽃의 안트는 말이지…… 무릇 이 세상에서 가장 꽃답지 않은 것, 바로 그걸 골라야 해!"

"그러니까, 그…… 잠깐만, 뭐야! 여자?"

"내친김에, 여자의 시노님은?"

"내장內臟."

"자넨 도무지, 시poésie를 모르는군. 그렇담, 내장의 안트는?"

"우유."

"이건 좀 훌륭해! 그런 느낌으로 하나 더. 부끄러움. 옹트****의 안트."

"철면피. 인기 만화가 조시 이키타."

"호리키 마사오는?"

* 달에 떼구름, 꽃에 바람. 호사다마를 비유한 말.

** 대중 예능의 하나. 샤미센 반주에 맞춰, 주로 의리와 인정을 주제로 노래한다.

*** 동양 현악기. 둥글고 긴 타원형의 몸체에 자루는 곧고 짧다.

**** honte. 프랑스어로 부끄러움.

이쯤에서부터 둘은 차츰 웃음기가 가시고, 소주의 취기가 지닌 특유의, 마치 유리 파편이 머릿속에 가득 들어차 있는 듯 음울한 기분이 되어갔습니다.

"건방진 소리 마! 난 아직 너처럼, 포승줄의 치욕 따위 당한 적이 없거든."

섬뜩했습니다. 호리키는 마음속으론 나를 올바른 인간으로 대하지 않은 거다, 나를 단지 제때 죽지 못한 사람, 철면피, 멍청한 도깨비, 이를테면 '산송장'으로만 여길 뿐이고, 자신의 쾌락을 위해 나를 최대한 이용할 대로 이용하는, 고작 그만큼의 '교우'였던 거다,라고 생각하니 암만 해도 기분이 썩 좋지는 않았습니다. 그러나 또한 호리키가 나를 그런 식으로 보는 것도 지극히 당연한 이야기로, 나는 오래전부터 인간 자격이 없어 보이는 어린애였던 거다, 역시 호리키한테조차 경멸당해도 더없이 마땅한지도 모른다, 하고 생각을 고쳐,

"죄. 죄의 안트는 뭘까? 이건 어려워."

아무렇지도 않은 듯 표정을 꾸미고 말했습니다.

"법률."

호리키가 예사로이 그리 대답하기에, 저는 호리키의 얼굴을 다시 보았습니다. 근처 빌딩에서 깜빡거리는 네온사인의 붉은빛을 받아, 호리키의 얼굴은 괴물 형사처럼 위엄 있어 보였습니다. 저는 그야말로 어이가 없어,

"죄라는 건 말이야, 자네, 그런 게 아니잖아?"

죄의 반의어가 법률이라니! 하지만 세상 사람들은 다들 그 정도로 간단히 생각하고, 새치름히 살아가는지도 모릅니다. 형사가 없는 곳이야말로 죄가 꿈틀거리지,라고.

"그럼, 뭐야? 신神인가? 너한텐 어딘가, 예수쟁이 냄새를 풍기는 면이 있으니까. 거슬리거든!"

"뭐 그렇게, 가벼이 해치우지 말아. 좀더, 둘이서 생각해보자고. 이건 그래도, 재미있는 테마잖아? 이 테마에 대한 답 하나로, 그 사람의 전부를 알 수 있을 것 같은 느낌이 들어."

"설마! ……죄의 안트는, 선善. 선량한 시민. 즉, 나 같은 사람."

"농담은 그만하지. 그러나 선은 악惡의 안트. 죄의 안트가 아니야."

"악과 죄는 다른가?"

"다르다,라고 생각해. 선악의 개념은 인간이 만든 거야. 인간이 제멋대로 만든 도덕의 언어지."

"참 성가시네! 그렇담, 역시 신일 테지? 신, 신. 뭐든지 신으로 해두면 틀림없어. 배가 고픈걸!"

"지금, 밑에서 요시코가 누에콩을 삶고 있어."

"고마워! 좋아하는 건데."

두 손을 머리 뒤에 깍지 낀 채, 뒤로 벌렁 드러누웠습니다.

"자넨, 죄라는 것에 전혀 흥미 없는 모양이군."

"그야 그렇지. 너처럼 죄인이 아니니까. 난 난봉을 부려도, 여자를 죽게 만들거나, 여자를 을러 억지로 돈을 빼앗는 짓 따윈 안 해."

죽게 만든 게 아니야, 억지로 빼앗은 게 아니야! 마음속 어딘가에서 아스라이, 그러나 필사적으로 항의하는 목소리가 일었지만, 그래도 다시, 아니야 내 잘못이야,라고 금세 생각을 고쳐버리는 이 습성.

저는 아무리 해도 맞대놓고 논쟁을 하지 못합니다. 소주의 음울한 취기 탓에 시시각각 기분이 험악해지는 걸 간신히 억누르며, 거의 혼잣말하듯 이야기했습니다.

"하지만 감옥에 갇히는 것만 죄는 아니지. 죄의 안트를 알 수 있으면, 죄의 실체도 붙잡을 수 있을 듯한 느낌이 드는데…… 신…… 구원…… 사랑…… 빛…… 그런데 신에겐 사탄이라는 안트가 있고, 구원의 안트는 고뇌일 테고, 사랑에는 미움, 빛에는 어둠이라는 안트가 있고, 선에는 악, 죄와 기도, 죄와 뉘우침, 죄와 고백, 죄와…… 아아! 모두 시노님이잖아. 죄의 반의어는 뭐지?"

"죄의 반의어는, 꿀.* 꿀처럼 달도다. 배가 고픈걸! 뭐라도 먹을 것 좀 가져와."

"자네가 가져오면 될 거 아냐!"

* 죄는 일본어로 '쓰미,' 꿀은 '미쓰.'

정말이지 난생처음이라고 할 정도로, 격렬한 분노의 목소리가 터져 나왔습니다.

“좋아! 그렇담 밑으로 가서, 요시짱하고 둘이서 죄를 짓고 오지. 논쟁보다 현장 검증. 죄의 안트는 꿀콩, 아니 누에콩인가?”

정말이지, 혀가 꼬부라질 만큼 취해 있었습니다.

“멋대로 해! 어디론가 꺼져버려!”

“죄와 배고픔, 배고픔과 누에콩. 아니지, 이건 시노님인가?”

엉터리 소리를 지껄이며 몸을 일으킵니다.

죄와 벌. 도스토옙스키. 언뜻 그게 머릿속 한 귀퉁이를 스치고 지나가면서, 퍼뜩 생각했습니다. 만약 그 도스토옙스키 씨가, 죄와 벌을 동의어라 생각하지 않고 반의어로 나란히 늘어놓은 거라면? 죄와 벌, 단연코 서로 통하지 않는 것, 얼음과 숯처럼 서로 받아들이지 않는 것. 죄와 벌을 안트로 생각한 도스토옙스키의 녹색 조류藻類, 썩은 연못, 어지러이 뒤엉킨 가닥 깊디깊은 밑바닥…… 아아! 이제 좀 알겠어! 아니, 아직…… 이렇게 머릿속을 주마등이 빙글빙글 돌고 있을 때,

“이봐! 기막힌 누에콩이야! 와봐!”

호리키의 목소리도 낯빛도 바뀌었습니다. 호리키는 방금 비칠비칠 일어나 밑으로 내려갔나 싶었는데, 곧바로 되돌아왔습니다.

"뭔데?"

심상찮게 독기 어린 두 사람은 옥상에서 2층으로 내려갔고, 2층에서 다시 1층 제 방으로 내려가는 계단 중간에 호리키는 멈춰 서서,

"보라고!"

나직이 말하며 손가락으로 가리킵니다.

제 방 위쪽 작은 창문이 열려 있고, 거기로 방 안이 보입니다. 전등이 켜진 채, 두 마리 동물이 있었습니다.

저는 어질어질 현기증이 나면서, 이 또한 인간의 모습이야, 이 또한 인간의 모습이야, 놀랄 건 없잖아, 하고 가쁜 호흡과 함께 속으로 중얼거렸습니다. 요시코를 구하는 것도 잊어버리고, 계단에 우두커니 서 있었습니다.

호리키는 크게 헛기침했습니다. 저는 혼자 도망치듯 다시 옥상으로 뛰어 올라와 뒹굴 드러누웠고, 비를 머금은 여름 밤하늘을 올려다보았습니다. 그때 저를 엄습한 감정은 분노도 아니고, 혐오도 아니고, 또 슬픔도 아니고, 어마어마한 공포였습니다. 더구나 묘지의 유령 따위에 대한 공포가 아니라, 신사神社의 삼나무 숲에서 흰 옷차림의 신령을 어쩌다 맞닥뜨렸을 때나 느낄 법한, 이러쿵저러쿵 찍소리 못 할 옛적의 황량한 공포감이었습니다. 저의 희끗희끗한 새치는 그날 밤부터 시작되었습니다. 마침내 모든 것에 자신감을 잃고, 마침내 타인을 끝없이 의심하고, 이 세상살이에 대한 온

갖 기대, 기쁨, 공감 등에서 영원히 멀어지게 되었습니다. 참으로 그것은 제 생애 통틀어, 결정적인 사건이었습니다. 저는 바로 정면에서 미간이 깨졌고, 그런 일 이후 그 상처는 어떤 인간에게건 접근할 때마다 욱신거렸습니다.

"동정은 가는데, 너도 이 일로 조금은 절실히 깨달았을 테지. 이제 난, 두 번 다시 여기엔 안 와. 그야말로 지옥이군…… 하지만 요시짱은, 용서해주라고. 너도 어차피, 변변찮은 놈이니까. 이만 실례."

거북한 장소에 오래 뭉그적댈 만큼 얼빠진 호리키가 아니었습니다.

저는 일어나 앉아 혼자 소주를 마시고, 그러고는 엉엉 소리 내어 울었습니다. 자꾸만, 자꾸만 눈물이 났습니다.

어느 틈엔가 등 뒤에, 요시코가 누에콩을 수북이 담은 접시를 들고 멍하니 서 있었습니다.

"아무 짓도 않는다, 하고선……"

"됐어. 아무 말도 하지 마. 넌, 사람을 의심할 줄 몰랐던 거야. 앉아. 콩을 먹자."

나란히 앉아 콩을 먹었습니다. 아아! 신뢰는 죄인가? 상대 남자는 제게 만화를 그리게 하고, 하찮은 돈 몇 푼을 거드름 부리며 놓고 가는, 서른 안팎의 작달막하고 배운 것 없는 장사꾼이었습니다.

역시나 그 장사꾼은 그 후 찾아오진 않았습니다만, 저는 어째선지 그 장사꾼에 대한 증오보다, 맨 처음 발견한 바로 그때 커다란 헛기침도 아무것도 하지 않은 채, 그대로 제게 알리러 다시 옥상으로 돌아온 호리키에 대한 미움과 분노가, 잠 못 이루는 밤이면 불끈불끈 치밀어 끙끙거렸습니다.

용서할 것도, 용서하지 않을 것도 없습니다. 요시코는 신뢰의 천재입니다. 사람을 의심할 줄 몰랐던 겁니다. 하지만 그로 인한 비참함.

신에게 묻는다. 신뢰는 죄인가.

요시코가 더럽혀졌다는 사실보다, 요시코의 신뢰가 더럽혀졌다는 사실이 제겐 그 뒤 오래도록, 살아 있을 수 없을 정도로 고뇌의 씨앗이 되었습니다. 저처럼 추잡스레 흠칫흠칫하며 타인의 안색만 살피고, 사람을 믿는 능력에 금이 가 버린 이에게, 요시코의 무구한 신뢰심은 그야말로 신록 가득한 폭포처럼 싱그럽게 여겨졌던 것입니다. 그런데 하룻밤 사이, 누런 흙탕물로 변하고 말았습니다. 보라! 요시코는 그날 밤부터 제 얼굴의 찡그림 하나, 웃음 하나에조차 눈치를 보게 되었습니다.

"이봐!"

이렇게 부르면 움찔 놀라, 그만 시선 둘 데를 모르고 쩔쩔매는 기색입니다. 아무리 제가 웃겨보려고 익살을 떨어도 허둥지둥, 오들오들 떨고, 댓바람에 제게 존댓말을 쓰게 되었습니다.

과연, 무구한 신뢰심은, 죄의 원천인가.

저는 유부녀가 겁탈당하는 이야기책을, 여러 가지 찾아서 읽어보았습니다. 하지만 요시코만큼 비참한 방식으로 겁탈당한 여자는 한 사람도 없어 보였습니다. 애당초 이건, 아예 이야기고 뭐고 되지 않습니다. 그 작달막한 장사꾼과 요시코 사이에 조금이나마 연애 감정 비슷한 거라도 있었다면, 제 마음도 오히려 편해질지 모르겠습니다만, 단지 여름날 하룻밤, 요시코가 신뢰했고 그러고는 그뿐, 더구나 그것 때문에 제 미간은 정면에서 깨지고 쉰 목소리가 나고 희끗희끗 새치가 시작되었고, 요시코는 평생 허둥지둥 쩔쩔매야만 했습니다. 대부분 이야기는 그 아내의 '행위'를 남편이 용서할지 어쩔지, 거기에 중점을 둔 것 같았는데, 그것은 제겐 그토록 괴로운 큰 문제는 아닌 듯 여겨졌습니다. 용서한다, 용서하지 않는다. 그런 권리를 유보하고 있는 남편이야말로 운 좋으련만. 도저히 용서할 수 없겠다 싶으면, 굳이 그렇게 큰 소란 피울 것 없이, 냅다 아내와 인연을 끊고 새 아내를 맞이하는 게 어떨는지? 그럴 수 없다면, 소위 '용서하고' 봐주는 거지. 어차피 남편의 마음 하나로 사방팔방이 원만히 수습될 텐데,라는 느낌마저 들었습니다. 요컨대 그런 사건은 분명 남편에게 엄청난 쇼크이긴 해도, 그러나 그건 '쇼크'입니다. 언제까지나 끊임없이 밀려갔다 되밀려오는 파도와 다르게, 권리가 있는 남편의 분노로써 어떻게든 처리할 수 있는 트러블인 듯 제겐 여겨졌습니다. 하지만 우리 경우는 남편에게 아무런 권리도 없고, 생각하면 이것저것 깡그리 제 잘못 같은 느낌이 들어, 화를 내기는커녕 꾸지람 한마디도 못 했습니다. 또한 그 아내는, 소유하고 있는 보기 드문 미덕 때문에 겁탈당했습니다. 더욱이 그 미덕은 남편이 진작부터 동경해온, 무구한 신뢰심이라는 더할 나위 없이 가련한 것이었습니다.

무구한 신뢰심은, 죄인가.

유일하게 기대한 미덕에조차 의혹을 품고, 저는 이제 그 무엇이건 영문을 알 수 없게 되어, 절로 향해가는 곳은 그저 알코올뿐이었습니다. 제 얼굴 표정은 극도로 상스러워지고, 아침부터 소주를 마셔 이가 호슬부슬 빠지고, 만화도 거의 외설에 가까운 걸 그리게 되었습니다. 아니에요, 분명히 말하지요. 저는 그 무렵부터 춘화를 베낀 그림을 밀매했습니다. 소주를 살 돈이 필요했습니다. 늘 제게서 시선을 피하고 허둥지둥 쩔쩔매는 요시코를 보면, 이 녀석은 도통 경계할 줄 모르는 여자이니, 그 장사꾼하고 딱 한 번만 그랬던 게 아니지 않을까, 또 호리키는? 아니, 어쩌면 내가 알지 못하는 사람과도? 이러한 의혹은 의혹을 낳고, 그렇다고 큰맘 먹고 그걸 캐물을 용기도 없이, 예의 불안과 공포에 괴로워하며 뒹구는 심정이었습니다. 그저 소주를 마시고 취해서는, 간신히 비굴한 유도신문 비슷한 걸 흠칫흠칫 시도하고, 속으론 어리석게 일희일비하면서도 겉으론 마구잡이로 익살을 부리고, 그러고 나서는 요시코에게 꺼림칙한 지옥의 애무를 퍼붓고, 그만 곯아떨어지고 말았습니다.

그해 세밑, 저는 밤늦게 곤드레만드레 취해서 귀가했습니다. 설탕물이 마시고 싶은데, 요시코는 잠이 든 것 같기에 직접 부엌에 가서 설탕 항아리를 찾아냈습니다. 뚜껑을 열어봤더니 설탕은 하나도 없고, 길쭉하니 자그만 까만색 종이 상자가 들어 있었습니다. 무심히 집어 들고서, 그 상자에 붙어 있는 상표를 보고 소스라치게 놀랐습니다. 그 상표는 손톱으로 절반 이상이나 긁어 벗겨져 있었지만, 서양 문자 부분이 남은 거기에, 똑똑히 쓰여 있었습니다. DIAL.

디알. 저는 그 무렵 오로지 소주에 의지해, 수면제를 사용하진 않았습니다. 그러나 불면은 저의 지병이나 마찬가지였던 탓에, 대부분의 수면제와는 친숙했습니다. 이 디알 상자 하나는, 분명히 치사량 이상일 터였습니다. 아직 상자의 봉한 부분을 뜯지는 않았지만, 그래도 언젠가는 **해버릴 작정으로** 이런 자리에, 더구나 상표를 긁어 벗겨내기까지 하고 숨겨놓았을 게 틀림없습니다. 가엾게도 그 아이는 상표의 서양 문자를 읽을 수 없으니, 손톱으로 절반쯤 긁어 벗겨내고선, 이젠 됐다, 하고 여겼을 테지요. (네게 죄는 없어.)

저는 소리를 내지 않으려 가만가만 컵에 물을 채우고 나서, 천천히 상자의 봉한 부분을 뜯어, 전부, 단숨에 입안에 털어 넣고, 컵의 물을 차분히 다 마시고, 전등을 끄고 그대로 잠이 들었습니다.

사흘 밤낮 없이, 저는 죽은 듯 누워 있었다고 합니다. 의사는 과실이라 간주하여, 경찰에 신고하는 걸 유예해주었다고 합니다. 서서히 깨어나면서 맨 먼저 중얼거린 헛소리는, 집으로 갈 거야,라는 말이었다고 합니다. 집이라니, 어디에 있는 것을 가리킨 말인지, 당사자인 저조차도 잘 모르겠습니다만, 어쨌거나 그리 말하고는 무지무지 울었다고 합니다.

차츰 안개가 걷히고 둘러보니, 머리맡에 넙치가 몹시 언짢은 낯으로 앉아 있었습니다.

"저번에도 세밑이었지요. 다들 한창 눈알이 핑핑 돌 정도로 바쁘건만, 늘 용케도 세밑을 골라잡아, 이런 일을 당하게 되니, 이쪽은 죽을 맛이지요."

넙치의 이야기를 들어주는 사람은, 교바시 바의 마담이었습니다.

"마담."

저는 불렀습니다.

"응, 뭐? 정신이 들어?"

마담은 미소 띤 얼굴을 제 얼굴 위에 덮어씌우다시피 하고서 말했습니다.

저는 눈물을 뚝뚝 흘리며,

"요시코와 헤어지고 싶어."

저도 예상치 못한 말이 나왔습니다.

마담은 몸을 일으키고, 흐릿하니 한숨을 내쉬었습니다.

그러고 나서 저는 이 또한 참으로 예상치 못한, 우스꽝스럽다고 할지 멍청하다고 할지, 형용하기 난감한 실언을 했습니다.

"난, 여자가 없는 곳으로 갈 거야."

우왓핫하! 먼저 넙치가 크게 소리 내어 웃고, 마담도 키득키득 웃음을 터뜨리고, 저도 눈물을 흘리며 얼굴이 붉어진 채, 쓴웃음을 지었습니다.

"음, 그러는 게 좋아."

말하고, 넙치는 연신 칠칠맞지 못하게 웃으며,

"여자가 없는 곳으로 가는 게 좋아. 여자가 있으면, 아무래도 안 돼. 여자가 없는 곳이라니, 좋은 생각입니다."

여자가 없는 곳. 그러나 저의 이 어처구니없는 헛소리는, 뒷날에 이르러, 대단히 음산하게 실현되었습니다.

요시코는 어쩐지 제가 자기를 대신해 독약을 먹은 걸로 굳게 믿어버린 듯, 이전보다 한결 더 저를 대할 때 허둥지둥 쩔쩔매고, 제가 무슨 말을 해도 웃지 않고, 심지어 제대로 말도 못 하는 형편인지라, 저도 아파트 방에 있는 게 울적하여 그만 밖으로 나가, 변함없이 싸구려 술을 들이켜게 되었습니다. 하지만 그 디알 사건 이후, 제 몸이 부쩍 야위어 홀쭉해지고 손발이 나른하여, 만화 작업도 점점 게을리하기

십상이었습니다. 넙치가 그때 병문안 삼아 두고 간 돈 (넙치는 그걸, 시부타의 마음입니다, 하면서 자못 본인이 건네는 돈인 양 내밀었습니다만, 이것도 고향의 형들이 보낸 돈 같았습니다. 저도 그즈음엔 넙치네 집에서 도망쳤던 때와 달리, 넙치의 그런 거드름 피우는 연극을, 어슴푸레나마 꿰뚫어 볼 수 있게 되었기에, 저 역시 꾀바르게 전혀 알아채지 못한 척하고, 온순히 그 돈에 대한 감사 인사를 넙치에게 전했습니다. 그러나 넙치가 어째서 그토록 까다로운 계략을 벌이는지, 알 것도 같고 모를 것도 같고, 아무래도 제겐 묘한 느낌이 드는 걸 어쩌지 못했습니다) 그 돈으로, 큰맘 먹고 혼자서 미나미 이즈의 온천에 가보기도 했습니다만, 도저히 그런 누긋한 온천 여행 따위를 할 만한 주제가 못 되었습니다. 요시코를 생각하면 쓸쓸하기 그지없고, 여관방에서 산을 바라보는 차분한 심경과는 한참 거리가 멀어, 솜옷으로 갈아입지도 않고, 탕에 들어가지도 않고, 밖으로 뛰쳐나와 지저분한 찻집 같은 델 뛰어 들어가, 소주를 그야말로 뒤집어쓰도록 마시고는, 몸 상태가 한층 나빠져서 귀경했을 뿐입니다.

도쿄에 큰 눈이 내린 밤이었습니다. 저는 취해서 긴자 뒤편을, 여기는 고향에서 몇백 리, 여기는 고향에서 몇백 리, 하고 나직이 거듭거듭 중얼거리듯 노래하면서, 더욱더 내려 쌓이는 눈을 구두 끝으로 차서 흩뜨리며 걷다가, 느닷없이 토했습니다. 저의 첫 각혈이었습니다. 눈 위에 큼직한 일장

기가 생겼습니다. 저는 잠시 웅크리고 앉아 있었습니다. 그러고 나서 더럽혀지지 않은 곳의 눈을 두 손으로 떠내, 얼굴을 닦으며 울었습니다.

여어기는, 어어디 오솔길이지?

여어기는, 어어디 오솔길이지?

가여운 여자아이의 노랫소리가, 환청처럼 아스라이 저 멀리서 들립니다. 불행. 이 세상에는 온갖 불행한 사람이, 아니 불행한 사람뿐,이라고 해도 과언이 아닐 테지만, 그래도 그 사람들의 불행은 이른바 세상에 맞서 당당하게 항의할 수 있고, '세상' 또한 그 사람들의 항의를 수월히 이해하고 동정합니다. 그러나 제 불행은 모조리 저의 죄악에서 나온 것이라, 누구한테 항의할 수도 없는 데다 우물우물 머뭇거리며 한마디라도 항의 투의 말을 꺼냈다 하면, 넙치가 아니더라도 세상 사람들 전부, 오호! 그런 말이 참 쉽게도 나오는군! 하고 어이없어할 게 틀림없습니다. 저는 대체 흔히 말하는 '버릇없는 놈'인지, 아니면 그 반대로 지나치게 소심한 건지, 저 스스로 영문을 알 수 없지만, 아무튼 죄악의 덩어리인 듯하여 끝도 없이 절로 자꾸자꾸 불행해질 뿐이고, 막아낼 구체적 방법 따윈 없습니다.

저는 일어나, 우선 무슨 적당한 약이라도, 싶은 생각에 근처 약국에 들어갔습니다. 그곳 부인과 얼굴을 마주 본 순간, 부인은 플래시 세례를 받은 듯 고개를 치켜들고 눈이 휘둥그레지며, 우뚝 섰습니다. 하지만 그 휘둥그레진 눈에는 경악하는 빛도 혐오의 빛도 없이, 거의 구원을 바라는 듯한, 그리워하는 듯한 빛이 어려 있었습니다. 아아! 이 사람도 분명 불행한 사람이구나. 불행한 사람은 타인의 불행에도 민감한 법이니까,라고 생각했을 때, 문득 그 부인이 목발을 짚고 위태로이 서 있는 걸 알아차렸습니다. 곁으로 당장 달려가고 싶은 충동을 억누르고, 지그시 그 부인과 얼굴을 마주 보고 있는 사이 눈물이 났습니다. 그러자 부인의 커다란 눈에서도, 눈물이 주르륵 넘쳐흘렀습니다.

그뿐, 한마디도 나누지 않은 채 저는 그 약국을 나와, 비틀거리며 아파트로 돌아갔습니다. 요시코에게 소금물을 만들어달라고 해서 마시곤 아무 말 없이 잠들었고, 다음 날도 감기 기운이 있다며 거짓말하고 온종일 누웠다가, 밤엔 저의 비밀스러운 각혈이 도무지 불안해 견딜 수 없어, 자리에서 일어나 그 약국으로 갔습니다. 이번엔 웃으면서, 부인에게 더없이 고분고분 지금까지의 몸 상태를 고백하고 상담했습니다.

"술을 끊으셔야 하는데."

우리는 마치 혈육 같았습니다.

"알코올 중독이 되었는지도 모릅니다. 지금도 마시고 싶어요."

"안 돼요. 우리 남편도 폐결핵인 처지에 술로 균을 죽인

답시고, 술에 절어 살다시피 하다, 스스로 수명을 줄여버렸거든요."

"불안해 죽겠는걸요. 무서워서, 도저히, 힘들어요."

"약을 드릴게요. 술만은 끊으세요."

부인(미망인으로 남자아이가 하나. 그 아이는 지바인지 어디인지 의대에 들어가자마자, 아버지와 같은 병에 걸려 휴학 후 입원 중이고, 집에는 중풍을 앓는 시아버지가 몸져누워 있습니다. 부인 자신은 다섯 살 때, 소아마비로 한쪽 다리를 전혀 못 쓰게 되었습니다)은 목발을 또닥또닥 짚으면서, 저를 위해 저쪽 선반, 이쪽 서랍, 여러 가지 약품을 골고루 챙겨주었습니다.

이건 조혈제.

이건 비타민 주사액. 주사기는, 이거.

이건 칼슘 정제. 위장이 탈 나지 않게, 디아스타아제.*

이건 무엇, 이건 무엇, 하며 대여섯 가지 약품에 대해 애정을 담아 설명해주었지만, 이 불행한 부인의 애정 또한 제겐 지나치게 깊었습니다. 마지막으로 부인이, 이건 도저히 어떡해서든 술을 마시고 싶어, 견딜 수 없게 되었을 때의 약,이라면서 잽싸게 종이로 감싼 작은 상자.

모르핀 주사액이었습니다.

* Diastase(독일). 소화제로 사용.

술보다는 덜 해롭다고 부인이 말했고, 저도 그걸 믿었습니다. 또 한 가지, 취기도 막 불결하게 느껴지던 참인 데다, 모처럼 알코올이라는 사탄에게서 벗어날 수 있다는 기쁨도 있기에, 아무런 주저 없이, 저는 제 팔에 그 모르핀을 주사했습니다. 불안도, 초조함도, 부끄러움도 말끔히 제거되어, 저는 굉장히 쾌활한 달변가가 되었습니다. 그리고 그 주사를 맞으면 저는 몸이 쇠약해진 것도 잊은 채 만화 작업에 힘을 쏟게 되고, 저 자신이 그리면서 쿡쿡 웃음이 터져버릴 만큼 기묘한 취향이 생겨났습니다.

하루 한 번이라 마음먹은 게 두 번이 되고, 네 번이 되었을 즈음엔, 저는 이미 그것 없이는 작업을 할 수 없게 되고 말았습니다.

"안 돼요. 중독되면, 그건 정말 큰일이에요."

약국 부인에게 이런 말을 들으면, 저는 이미 어지간한 중독환자가 되어버린 듯한 느낌이 들었고, (저는 타인의 암시에 참으로 물러 빠져 덜컥 걸려드는 성질입니다. 이 돈은 쓰면 안 돼,라는 말과 함께, 네가 안 쓸 턱이 있나? 어쩌고 소리를 듣게 되면, 왠지 쓰지 않으면 잘못하는 듯한, 기대를 저버리는 듯한 묘한 착각을 일으켜, 기필코 냅다 그 돈을 쓰고 말았습니다) 그 중독 불안 때문에, 되레 약품을 많이 요구하게 되었습니다.

"부탁해요! 한 상자만 더. 약값은 월말에 꼭 치를 테니까."

"약값 따윈 언제건 상관없지만, 경찰이 성가셔서 그렇지."

아아! 언제나 제 주변에는 무언가 뿌옇고 컴컴하고, 수상쩍은 음지의 사람 낌새가 붙어 다닙니다.

"그걸 어떻게든, 얼버무려서, 부탁해요! 부인. 키스해드릴게요."

부인은 얼굴을 붉힙니다.

저는 더욱더 허점을 파고들어,

"약이 없으면 작업이 도통 나아가질 않는다고요. 나한텐, 그게 강장제나 다름없어요."

"그럼 차라리, 호르몬 주사가 좋겠네요."

"바보로 알면 안 되죠! 술, 아니면 그 약. 어느 한쪽이 아니고선 작업할 수가 없어요."

"술은, 안 돼요."

"그렇죠? 난, 그 약을 사용한 후로 술은 한 방울도 안 마셨다고요. 덕분에, 몸 상태가 아주 좋아요. 난들, 언제까지나 지지리 서툰 만화 따위를 그려댈 생각은 없어요. 이제부턴 술을 끊고, 몸을 추슬러 공부해서, 꼭 훌륭한 화가가 되어 보일게요. 지금이 중요한 고비라고요! 그러니까, 네? 부탁이에요! 키스해드릴까요?"

부인은 웃으면서,

"이를 어쩌나! 중독돼도 알 바 없어요."

또닥또닥 목발 소리를 내고 그 약품을 선반에서 꺼내,

"한 상자는 드릴 수 없어요. 금세 다 써버리는걸. 절반."

"쩨쩨하잖아. 뭐, 어쩔 수 없지."

집으로 돌아오기 바쁘게 한 번, 주사합니다.

"아프지 않아요?"

요시코가 쭈뼛쭈뼛 제게 묻습니다.

"그야 아프지. 하지만 작업 능률을 올리기 위해선, 싫어도 이렇게 해야만 해. 난 요즘 무척 건강하지? 자아, 작업이다! 작업, 작업!"

들떠서 떠들어댑니다.

한밤중에 약국 문을 두드린 적도 있습니다. 잠옷 바람으로 또닥또닥 목발을 짚고 나온 부인에게, 다짜고짜 달라붙어 키스하고, 우는 시늉을 했습니다.

부인은 말없이 제게 한 상자, 건넸습니다.

약품 또한 소주와 마찬가지로, 아니 그 이상으로 꺼림칙하고 불결한 것임을 뼈저리게 깨달았을 때, 이미 저는 완전한 중독환자가 되어 있었습니다. 참으로 철면피의 극치였습니다. 저는 오로지 그 약품을 얻고 싶은 생각에 또다시 춘화를 베끼기 시작했고, 더구나 몸이 불편한 그 약국 부인과 문자 그대로 추악한 관계마저 맺었습니다.

죽고 싶어. 차라리 죽고 싶어. 이젠 돌이킬 수 없어. 어떤 일을 하건, 무엇을 하건, 점점 망가질 뿐이잖아. 부끄러움에 거듭 덧칠할 뿐이야. 자전거를 타고 신록 가득한 폭포 따윈, 내가 바랄 처지가 못 돼. 그저 추잡한 죄에 한심스러운 죄가

포개어져, 고뇌는 증대하고 강렬해질 뿐이야. 죽고 싶어. 죽어야만 해. 살아 있는 게 죄의 씨앗이야. 이렇게 골똘히 생각하면서도, 여전히 아파트와 약국 사이를 거의 반미치광이 몰골로 왕복할 뿐이었습니다.

아무리 작업해도 약 사용량 역시 덩달아 늘어나는 터라, 약값 빚이 두려워질 만한 금액에 이르렀습니다. 부인은 제 얼굴을 보면 눈물을 글썽이고, 저도 눈물을 흘렸습니다.

지옥.

이 지옥에서 벗어나기 위한 마지막 수단. 이것이 실패하면, 이젠 정말 목매는 수밖에 없어. 이처럼 신의 존재를 걸 만큼 굳은 결심으로, 저는 고향의 아버지 앞으로 긴 편지를 써서, 저의 실제 형편을 낱낱이 (여자에 대해선, 아무래도 쓰지 못했습니다만) 고백하기로 했습니다.

그러나 결과는 한층 나빠서, 기다리고 기다려도 아무런 답장도 없고, 저는 그 초조감과 불안 때문에 오히려 약품 양을 늘리고 말았습니다.

오늘 밤 열 번, 단숨에 주사하고 나서 오가와*에 뛰어들어야지. 은밀히 각오를 다진 그날 오후, 넙치가 악마의 직감으로 냄새를 맡은 듯, 호리키를 데리고 나타났습니다.

"너, 각혈했다면서?"

* 도쿄 스미다강 하류.

호리키는 제 앞에 책상다리하고 앉아 그리 말하고, 여태껏 본 적 없을 정도로 상냥하게 미소 지었습니다. 그 상냥한 미소가 고마워서, 기뻐서, 저는 그만 얼굴을 돌리고 눈물을 흘렸습니다. 그리고 그의 상냥한 그 미소 하나로, 저는 완전히 바스러뜨려지고, 매장당하고 말았습니다.

저는 자동차에 태워졌습니다. 어쨌거나 입원해야만 하네. 뒷일은 우리한테 맡기게. 넙치도 이렇듯 그윽한 말투로 (그건 자비롭다,라고 형용하고 싶을 만큼 차분한 말투였습니다) 제게 권했고, 저는 의지도 판단력도 아무것도 없는 사람인 양 그저 훌쩍훌쩍 울면서 두 사람이 시키는 대로 고분고분 따랐습니다. 요시코까지 넷이서, 우리는 몹시도 지루하게 자동차에 몸을 흔들린 끝에, 사위가 어둑어둑해졌을 무렵, 숲속 커다란 병원의 현관 앞에 도착했습니다.

새너토리엄*인 줄만 알았습니다.

저는 젊은 의사의 무척 나긋나긋하고 공손한 진찰을 받았습니다. 그러고 나서 의사는,

"당분간, 여기서 요양하시지요."

마치 수줍은 듯 미소 지으며 말했습니다. 넙치와 호리키와 요시코는 저를 홀로 두고 돌아가게 되었는데, 요시코는 갈아입을 옷가지가 들어 있는 보자기 꾸러미를 제게 건네

* 요양소. 특히 결핵 요양소.

더니, 말없이 기모노 허리춤에서 주사기와 쓰고 남은 그 약품을 꺼내 내밀었습니다. 여전히 강장제라고만 여기고 있는 걸까요.

"아니, 이젠 필요 없어."

참으로 진기한 일이었습니다. 무언가 권유받고서 그걸 거부한 것은, 지금껏 제 생애에서, 그때 딱 한 번,이라고 해도 과언이 아닐 정도입니다. 제 불행은, 거부 능력이 없는 이의 불행이었습니다. 권유받고서 거부하면, 상대의 마음에도 제 마음에도, 영원히 수선할 수 없는 희멀건 균열이 생길 듯한 공포에 협박당하는 것입니다. 하지만 저는 그때, 그토록 반 미치광이가 되다시피 갈구한 모르핀을, 참으로 자연스레 거부했습니다. 요시코의 이른바 '신 같은 무지無智'에 일격을 당한 걸까요? 저는 그 순간, 이미 중독자가 아니었던 건 아닐까요?

그렇지만 저는 곧바로, 그 수줍은 듯 미소 짓는 젊은 의사의 안내를 받아, 어느 병동에 넣어진 뒤 철커덕, 열쇠가 채워졌습니다. 뇌병원이었습니다.

여자 없는 곳으로 갈 거야. 디알을 먹었을 때 나온 저의 어리석은 그 헛소리가, 정말이지 기묘하게 실현된 셈이었습니다. 그 병동에는 남자 광인뿐이고, 간호사도 남자여서 여자는 한 사람도 없었습니다.

이제 그만 저는, 죄인은커녕 광인입니다. 아니에요, 절대로 저는 미치지 않았습니다. 단 한순간도, 미친 적은 없습니다. 그런데 아아! 광인은, 대개 자신에 대해 그렇게 말하기 마련이라는군요. 요컨대 이 병원에 넣어진 이는 미치광이, 넣어지지 않은 이는, 노멀*이 되나 봅니다.

신에게 묻는다. 무저항은 죄인가?

호리키의 그 이상스레 아름다운 미소에 저는 울었고, 판단도 저항도 잊은 채 자동차를 탔고, 그러고는 이곳으로 끌려와, 광인이 되고 말았습니다. 머잖아 여기서 나간들, 저는 여전히 광인. 아니, 폐인이라는 각인이 이마에 찍히게 될 테지요.

인간, 실격.

이제, 저는, 완전히, 인간이 아니게 되었습니다.

이곳에 온 건 초여름 무렵, 격자무늬 철창으로 병원 뜰의 자그만 연못에 붉은 수련꽃이 피어 있는 게 보였습니다. 그 후 세 달 지나, 뜰에 코스모스가 피기 시작하고, 뜻밖에도 고향의 큰형이 넙치와 함께 저를 데리러 찾아와, 아버지가 지난달 말에 위궤양으로 돌아가셨다고 했습니다. 우린 이제 네 과거는 묻지 않으마. 생활 걱정도 없도록 할 작정이야. 아무것도 안 해도 좋아. 그 대신, 이런저런 미련도 있겠으나 당장 도쿄를 떠나, 시골에서 요양 생활을 시작해다오. 네

* normal. 정상임. 표준적임.

가 도쿄에서 저지른 일의 뒷수습은 시부타가 얼추 해주었을 터이니, 그건 신경 쓰지 않아도 돼. 이처럼 예의 고지식하고 긴장한 듯한 투로 말했습니다.

고향 산천이 눈앞에 보이는 느낌이 들기에, 저는 어렴풋이 끄덕였습니다.

정말로 폐인.

아버지가 돌아가신 걸 알고 나서, 저는 더더욱 얼빠지다시피 되었습니다. 아버지가, 이젠 없다. 내 가슴속에서 한시도 떠나지 않았던 그 그립고 두려운 존재가, 이젠 없다. 제 고뇌의 항아리가 텅 비어버린 느낌이었습니다. 제 고뇌의 항아리가 턱없이 무거웠던 것도, 그 아버지 탓이 아니었을까,라는 생각마저 들었습니다. 그야말로, 맥이 풀렸습니다. 고뇌할 능력조차 잃었습니다.

큰형은 제게 한 약속을 정확히 실행해주었습니다. 제가 태어나고 자란 동네에서 기차로 네댓 시간 남쪽으로 내려간 곳에, 도호쿠 지방에선 흔치 않은 따뜻한 바닷가 온천지가 있습니다. 그 마을 변두리, 방이 다섯 개나 되지만 꽤 오래된 집인 듯 벽면은 벗겨져 내리고, 기둥은 벌레에 파먹혀, 거의 수리하기도 어려울 만큼 허름한 집을 사들여 제게 주고, 예순 남짓의 머리칼이 유난히 불그죽죽하고 못생긴 하녀 한 사람을 딸려주었습니다.

그 후 3년하고 조금 더 지났습니다. 저는 그동안 그 데쓰라는 늙은 하녀에게 몇 차례 엉뚱하게 겁탈당했고, 이따금 부부싸움 비슷한 것도 벌였고, 가슴 쪽 질환은 일진일퇴, 말랐다 살이 쪘다 하거나 혈담이 나오기도 했습니다. 어제 데쓰에게 칼모틴을 사다 줘요, 하고 마을 약국으로 심부름을 보냈더니, 여느 때의 상자와 모양이 다른 상자에 든 칼모틴을 사 왔습니다. 딱히 저도 마음에 두지 않고, 잠들기 전에 열 알 먹었는데도 전혀 졸리지 않기에, 이상한걸? 생각하는 사이, 배 속 형편이 심상치 않아 냅다 변소로 갔더니 맹렬한 설사였습니다. 더욱이 그러고 나서 연거푸 세 번이나 변소를 들락날락했습니다. 못내 미심쩍은 나머지, 약상자를 자세히 보니, 그건 헤노모틴이라는 설사약이었습니다.

저는 반듯이 누워 배 위에 탕파*를 올려놓은 채, 데쓰에게 잔소리를 해줘야지, 생각했습니다.

"이봐요, 이건 칼모틴이 아니야. 헤노모틴,이라고."

말을 꺼냈다가, 우후후후 웃고 말았습니다. '폐인'은, 아무래도 이건, 희극 명사인 듯합니다. 잠을 자려고 설사약을 먹고, 더구나 그 설사약 이름은, 헤노모틴.

지금 제게는, 행복도 불행도 없습니다.

다만, 모든 것은 지나갑니다.

제가 지금껏 아비규환으로 살아온 이른바 '인간' 세계에

* 湯婆. 더운물을 넣어서 몸을 덥히는 데 사용하는 물통.

서, 단 한 가지, **진리**답게 여긴 건, 그것뿐이었습니다.

다만, 모든 것은 지나갑니다.

저는 올해, 스물일곱이 됩니다. 흰머리가 부쩍 늘어난 탓에, 대부분의 사람에게, 마흔 이상으로 보입니다.

후기

이 수기를 써 내려간 광인을, 나는 직접 알지는 못한다. 그렇지만 이 수기에 나오는 교바시 스탠드바의 마담일 성싶은 인물을, 나는 조금 안다. 몸집이 자그마하고 낯빛이 핼쑥하고, 눈이 가늘게 치켜 올라가고 코가 오뚝한, 미인이라기보다는 미청년이라고 하는 편이 나을 정도로 다부진 느낌을 주는 사람이었다. 이 수기에는 어쩐지 1930년, 1931년, 1932년 그 무렵의 도쿄 풍경이 주로 묘사된 걸로 여겨지는데, 내가 그 교바시 스탠드바에 친구를 따라 두세 번 들러 하이볼 따위를 마신 건, 예의 일본 '군부'가 슬슬 노골적으로 날뛰기 시작한 1935년 전후의 일이었으니, 이 수기를 쓴 남자를 만나 뵐 수는 없었던 셈이다.

그런데 올해 2월, 나는 치바현 후나바시시市에 피란 가 있던 한 친구를 방문했다. 그 친구는 내 대학 시절의, 말하자면 학우로, 지금은 모 여자대학에서 강사로 일하고 있다. 사실 나는 이 친구에게 친척의 혼담을 부탁해놓은 터라 그 용건도 있고, 겸사겸사 뭔가 신선한 해산물이라도 구해 식구들에게 좀 먹여야겠다는 생각에, 배낭을 짊어지고 후나바시시까지 찾아갔던 것이다.

후나바시시는 누런 흙탕 바다를 마주한 제법 큰 도시였다. 신입 주민이라고 할 친구네 집은 그 고장 사람에게 주소를 대고 물어봐도, 좀체 알아낼 수가 없었다. 추운 데다, 배낭을 짊어진 어깨가 뻐근해졌다. 나는 레코드 음반의 바이올린 소리에 이끌려, 어느 찻집 문을 밀고 들어갔다.

그곳 마담이 낯익어 물어보니, 참으로 10년 전 그 교바시 작은 바의 마담이었다. 마담도 나를 단박에 기억해낸 모양으로, 서로 과장되게 깜짝 놀라면서 웃고는, 이럴 때면 으레 나오는, 예의 공습으로 집이 불타버린 서로의 경험을 누가 묻지도 않았건만, 자못 자랑스레 이야기를 주고받고,

"한데, 당신은 여전하군요."

"아니에요. 이젠 할머니. 온몸이 삐거덕대는걸요. 당신이야말로, 젊으세요."

"말도 안 돼요. 아이가 벌써 셋이나 있는데. 오늘은 그 녀석들을 위해 뭘 좀 사려고."

이 또한 오랜만에 만난 이들끼리 흔히 나누기 마련인 인사를 하고 나서, 두 사람에게 공통되는 지인의 소식을 서로 물어보기도 했다. 그러다가 문득 마담은 말투를 고쳐, 당신은 요짱을 알고 있었던가요? 하고 묻는다. 모르는데요,라고 대답하자, 마담은 안쪽으로 들어가 세 권의 노트와 세 장의

사진을 들고 와 내게 건네며,

"어쩌면, 소설 재료가 될지도 모르겠네요."

이렇게 말했다.

나는 남이 떠맡기는 재료로 글을 쓰지 못하는 체질인지라, 곧장 그 자리에서 돌려줄까도 생각했지만, (세 장의 사진, 그 기괴함에 대해선 서문에도 써두었다) 그 사진에 마음이 끌려, 어쨌든 노트를 맡아두기로 했다. 돌아가는 길에 다시 이곳에 들르겠습니다만, 무슨 동네 몇 번지의 아무개 씨, 여자대학의 선생님인 사람의 집을 아시는지? 하고 물으니, 역시나 신입 주민끼리는 알고 있었다. 가끔 이 찻집에도 온다고 한다. 바로 근처였다.

그날 밤, 친구와 술 몇 잔을 주고받고 하룻밤 묵어가기로 해서, 나는 아침까지 한숨도 자지 않은 채 그 노트를 읽는 데 빠져들었다.

그 수기에 쓰여 있는 건 오래전 이야기이긴 하나, 현대의 사람들이 읽더라도 상당히 흥미로워할 게 틀림없다. 섣불리 내가 붓을 대어 고치기보다는, 이건 이대로 어느 잡지사에 발표해주십사 부탁하는 편이, 한결 뜻깊은 일인 듯 여겨졌다.

아이들에게 줄 선물은 말린 해산물뿐. 나는 배낭을 짊어지고 친구네 집을 나와, 예의 찻집에 들러,

"어제는 고마웠습니다. 그런데……"

그리고 곧장 말을 꺼냈다.

"이 노트, 얼마간 좀 빌릴 수 있을까요?"

"네, 그럼요."

"이 사람은, 아직 살아 있나요?"

"글쎄 그게, 도무지 알 수가 없네요. 10년 전쯤 교바시 가게 앞으로, 그 노트와 사진이 든 소포를 보내왔고, 발송인은 요짱일 게 뻔하지만, 그 소포에는 요짱의 주소도, 이름조차도 적혀 있지 않았어요. 공습 때 다른 물건들에 뒤섞여, 이것도 신기하게 무사히 건졌는데, 난 얼마 전 처음, 전부 읽어보고는……"

"울었나요?"

"아뇨, 운다기보다는…… 끝이에요. 인간도, 그렇게 되면, 이젠 끝이에요."

"그 후 10년,이라면 벌써 돌아가셨을지도 모르겠군요. 이건 당신에 대한 감사 표시로 보내준 것일 테지요. 다소 과장해서 쓴 듯한 구석도 있지만. 한데, 당신도 꽤 심한 피해를 본 것 같네요. 만약 이게 죄다 사실이라면, 그리고 내가 이 사람의 친구라면, 역시나 뇌병원에 데려가고 싶어졌을지도 모릅니다."

"그 사람의 아버지가 나쁜 거죠."

아무렇지 않은 듯, 그리 말했다.

"우리가 알고 있는 요짱은 무척 온순하고, 아주 재치 있고, 그래서 술만 마시지 않는다면, 아니에요, 마신대도……
신 같은 착한 아이였어요.”

옮긴이의 말

‘인간’은 ‘실격’될 수 있는가

일본 근대문학에서 다자이 오사무만큼 호불호가 갈리는 독자층을 지닌 작가도 아마 드물지 않을까. 문단에 종사하는 사람들 사이에서도 다자이의 작품을 들어 자신의 ‘바이블’이라고 서슴없이 단언하거나, 다자이 문학에 대한 몰입을 청춘기에 한 번 치르기 마련인 ‘홍역’이라 치부하며 대놓고 ‘싫다’ ‘틀렸다’라고 평가절하하기도 한다. 이렇듯 양극단의 평이 오가는 배경으로, 어쩌면 가장 폭넓은 인지도를 확보해온 문제작 『인간 실격』을 어떻게 읽는가, 어떻게 받아들이는가,라는 문제가 놓여 있지 않나 싶다.

다자이의 대표작들, 이를테면 첫 창작집 『만년晩年』부터 중기 문학의 걸작 『옛이야기』, 전후 베스트셀러에 빛나는 『사양斜陽』을 비롯, 「달려라 메로스」 「비용의 아내」 『쓰가루津軽』 등 일련의 작품들은 작가의 문학적 성취물로 높이 평가받는다.

반면 『인간 실격』에 대해 “다자이의 그 어떤 걸작들이 잊힌다 해도 『인간 실격』만은 오래오래 사람들에게 거듭 읽히면서 남게 되리라 확신한다"(오쿠노 다케오)라는 상찬. 이와 더불어 "『인간 실격』은 세상이 떠들썩할 정도의 걸작으로도, 또한 다자이 오사무적인 훌륭한 작품이라고도 생각하지 않는다"(하나다 도시노리)라는 관점이 있다. '보기 드문 뛰어난 인간 이해력'을 지니고도 '실용적인 측면'에서만 타인의 마음을 알 수 없다고 주장하는 건, 자신이 순수한 정신의 귀족인 양 과시하는 듯해 거북하다는 것. 그런데 주인공의 설정과 관련해서는, 평론가 오쿠노도 "다소 성급하며, 독자를 완전히 납득시키는 데까지 이르지 못했다"라고 쓴 바 있다.

알려진 대로 다자이는 이십 대 후반, 진통제 파비날 중독으로 힘겨운 시기를 보냈다. 젊은 신예 작가의 재능을 일찌감치 확신한 문단의 두 스승 사토 하루오와 이부세 마스지는 의논 끝에, 결국 다자이를 입원시키기로 한다. 중독 치료를 위한 입원이긴 했으나, 다자이에게는 충격적인 일이었음이 분명하다.

도쿄의 정신의학연구소 무사시노 병원. 당시 다자이는 '자살의 우려'로 인해, 어둑한 감금 병동에 강제 수용되었다. 이때의 절망감에 스스로 선언한다, 인간 실격.

이듬해(1937) 발표한 「HUMAN LOST」는 이 입원 체험을 소설화한 것이며, 『인간 실격』의 원형이 된다는 점에서 주목할 만하다. 날짜가 기록된 일기 형식의 이 작품은 정신

병원 입원이라는 충격에 따른 피해망상의 영향에선지, 작가의 정제되지 않은 날것 그대로의 육성을 전한다. 시시각각 분출되는 생생한 내면의 움직임은 독백이나 아포리즘, 시 같은 다양한 형태로 묘사된다.

13일.
없음.

19일.
10월 13일부터 이타바시의 어느 병원에 있다. 와서 사흘간, 이를 갈며 울기만 했다. 동전의 복수. 이곳은 미치광이 병원이다. 〔……〕
나흘째, 나는 유세하러 나섰다. 쇠창살과 철망, 그리고 둔중한 문. 여닫을 때마다 절거덕절거덕 열쇠 소리. 불침번 간수, 어슬렁어슬렁. 〔……〕

20일.
근 오륙 년, 당신들 천 명, 나는 홀로.

23일.
〔……〕
그저 방목해둘 뿐이라면, 금붕어도 한 달 남짓의 목

숨, 부지할 수 없으리. 거짓이라도 좋아, 프라이드를, 자유를, 푸른 초원을!

26일.

〔……〕

'인권'이라는 단어를 떠올린다. 이곳 환자 모두, 사람 자격이 벗겨져 내렸다.

1936년 10월 13일. '없음'으로 명기된 단어가 역설적으로 아무것도 쓰이지 않은 내막에 대한 궁금증을 불러일으키고, 이야기를 발산하면서 읽힌다. '프라이드' '자유' 그리고 '푸른 초원'을 갈망하는 작가의 심적 풍경은 황량함 그 자체이다. 위 인용 표현이 다소 수정되어 "금붕어도, 그저 방목해둘 뿐이라면, 한 달 남짓의 목숨, 부지할 수 없으리"라는 문장은 「HUMAN LOST」 군데군데 거듭 박혀 있다. 작품 후반에는 앞뒤 맥락 없는 한 문장. "집으로 돌아가고 싶습니다."

약 한 달 후, 파비날 중독이 완치된 다자이는 퇴원했다. 첫 아내 하쓰요의 실수를 알고 나서 동반 자살을 기도하나, 결국 두 사람은 결별에 이른다. 이러한 일련의 사건들을 겪고, 다자이는 스승 이부세의 주선으로 만난 여성과 결혼하면서 안정된 직업 작가의 길로 들어선다.

*

직업 작가로서 다자이는 열정적으로 작품을 발표해 나갔다. 전시하에도 왕성한 창작 의욕을 보여, 「달려라 메로스」 『옛이야기』 등은 문학사에 빛나는 성과로 남았다. 일본 문단의 대표 작가로 자리매김한 다자이는 패전 후 자신 있게 내놓은 『사양』(1947)으로, '사양족'이라는 단어를 유행시키며 최고 인기 작가로 급부상했다. 여주인공 가즈코의 목소리를 빌려, 다자이는 이렇게 썼다. "나는 확신하련다. **인간은 사랑과 혁명을 위해 태어난 것이다**."*

이른바 전후 '무뢰파無賴派'(리베르탄)의 선두에 다자이 오사무가 위치한다. "인간이니까 타락하는 것이고, 살아 있으니까 타락할 뿐이다"(『타락론』, 1946)라고 쓴 사카구치 안고, 오다 사쿠노스케를 포함해 '무뢰파의 세 까마귀'(삼총사)로 불렸다. 다자이의 말을 빌리자면, 무뢰파는 '자유사상, 반항 정신, 파괴 사상'을 표방한다. 속박에 맞선 투쟁이 당연히 뒤따른다.

다자이는 '가장 진지하게 일본의 패전을 인식한' 작가로 언급된다. 다른 문학자, 문화인들이 패전 이후 시대에 적응하기 위한 자신의 변신과 처세에 골몰하거나, 처음부터 전

* 다자이 오사무, 유숙자 옮김, 『사양』, 민음사, 2018, 109쪽.

쟁에 반대하고 패전을 예감한 평화주의자인 척하는 언동을 보며 본능적인 불신을 품은 젊은 세대들은, 다자이야말로 자신들의 마음을 대변해줄 수 있다는 신뢰를 발견했다는 것이다. 일본의 패전 후 시대 상황은 다자이의 '하강 지향적' 가치관을 단순히 개인적 차원이 아닌, 동시대인들의 공감을 불러일으켜 공적인 영역으로 확장하는 기폭제가 되었다. 작가의 현실 비판적 발언과 존재감이 한층 설득력을 확보한 셈이다.

『사양』에 쏟아진 열기가 채 식기도 전에, 한 작품을 위해 소진된 심신의 에너지를 재충전할 겨를도 없이, 다자이는 오래도록 가슴에 품어온 필생의 문학 테마와 대면해 혼신을 기울인다. 비범한 재기가 번득이는 산문시 같은 「HUMAN LOST」에서 촉발되어 무르익은 소설의 주제를, 그는 십여 년이 경과한 지점에서 운명처럼 소환해 본격소설로 조형해 나갔다. 생전의 완결작으로는 마지막 작품인 「인간 실격」은 1948년 잡지 『전망展望』 6·7·8월호에 걸쳐 연재되었다.

『인간 실격』은 '서문' '첫번째 수기' '두번째 수기' '세번째 수기(1·2)' '후기'로 구성된다. '서문'과 '후기'에 소설가로 추정되는 '나'가 등장하고, '나'가 빌린 노트 세 권의 주인이 쓴 '수기'가 중간에 삽입되는, 액자소설 형식을 취한다.

나는 그 남자의 사진을 세 장, 본 적이 있다.(7쪽)

다자이의 작품들 가운데 가장 매력적인 첫 문장 중 하나로 기억되는 '서문'의 도입 부분이다. 이어 기술되는 기이한 사진 세 장에 대한 '나'의 설명은 과장된 면이 있긴 해도, '그 남자'를 향한 독자의 호기심을 단박에 사로잡는다. 다소 비중 있는 세번째 수기까지 끝난 뒤, '후기'에서는 주인공 '그 남자'에 관한 후일담이 전해진다. '서문'과 '후기'는 일반적 소설의 문체가 그러하듯 '–다' 체이지만, '수기'는 '–입니다' '–습니다' 체로 쓰였다. 이처럼 색다른 구성과 문체의 혼용은, 작품의 몰입도를 상승시키는 효과적인 요소로 작용한다.

『인간 실격』의 핵심 인물 '요조'라는 캐릭터를 살펴보면, 우선 오바 요조(애칭 '요짱'으로 불리기도 한다)라는 이름은 『만년』에 실린 단편 「어릿광대의 꽃」(1935)에 나오는 주인공 이름과 동일하다. 「추억」과 함께 『만년』의 중심을 이루는 「어릿광대의 꽃」에는 작가가 좌익 운동을 하다 여성과 투신자살을 기도한 뒤, 혼자 살아남은 죄의식이 투영*되어 있다. 『인간 실격』의 경우는 갑작스러운 작가의 사망 소식이 전해짐에 따라, 독자들은 끝내 현실이 된 '유서'나 다름없

* 다자이 오사무, 유숙자 옮김, 「작품 해설」, 『만년』, 민음사, 2021, 339~340쪽 참조.

이 소설을 받아들이는 양상을 띠었다.

> 부끄럼 많은 생애를 보냈습니다.
> 저는 인간의 생활이라는 게, 짐작이 안 됩니다.(11쪽)

인간 또는 인간 생활에 대한 공포와 불안. 그 두려움을 떨쳐내기 위한 속임수 익살이 폭로당하고 나서 더욱 깊어진 인간 불신. 주인공 요조를 어느 정도 수준에서 세상 물정을 이해하는 인물로 묘사할 것인가. 이에 대해 작가가 무척 고심했다는 사실은, 다자이 사후 50년이 지나 공개된 『인간 실격』 초고와의 대조를 통해서도 가늠해볼 수 있다. 특히 요조가 무엇 때문에 '익살'을 부리는가를 직접 밝히는 부분은, '애정에서' '배려에서' '필사적인 봉사'로 이르는 단계적 변화를 거쳤음이 드러난다. 즉 "'애정'이라는 상대와 대등한 표현이었던 것이, 한층 열등한 입장에서 접근되면서 상대와 거리를 두고 자기비하시키는 방향으로 고쳐 쓰였다"(안도 히로시)라는 해석이 가능해진다.

마침내, 요조의 고백은 다음과 같이 마무리된다.

> 지금 제게는, 행복도 불행도 없습니다.
> 다만, 모든 것은 지나갑니다.(144쪽)

이는 '인간 실격자'로서의 요조를 묘사하기에 충분한 설명일까? 뭔가 석연찮은 느낌이 조금이라도 남는다면, 요조는 '인간 실격자 되기'에 실패한 것인가. 여기서 다자이 중기 문학의 금자탑이라 할 『옛이야기』에 나오는 「우라시마 씨」 이야기를 떠올려본다. 우라시마가 거북의 등을 타고 용궁에 들어갔다 나오니, 현실은 어느새 300년의 세월이 흘러 '순식간에 호호백발 할아버지'가 되고 말았다. "삼백 살이 된 것은, 우라시마에게 결코 불행이 **아니었다**"*라고, 작가는 심지어 강조하지 않았던가.

그런 점에서 삼백 살 노인의 만년에는 모든 것을 잃은 인간의 마지막 평온한 이미지가 있으며 고뇌의 '끝'이 있다, 비참하고도 우스꽝스러운 오바 요조의 '말로末路' 속에도 무언가 '긍정성'을 발견할 수 있지 않을까(호소야 히로시), 믿고 싶어진다. 누군가는 '내가 요조다' '요조는 나다'라며 전폭적인 지지와 공감을 보낼 수도 있고, 아예 심드렁하게 무시해버릴 수도 있다. 스물일곱에 흰머리가 보이는 것, 스물일곱에 마흔으로 오해받는 것쯤 무슨 대수인가,라는 볼멘소리가 나올 법도 하다.

『인간 실격』은 다름 아닌 너와 나, 우리 '인간'을 다루고

* 다자이 오사무, 유숙자 옮김, 「우라시마 씨」, 『달려라 메로스』, 민음사, 2022, 188쪽.

이야기한다. 주인공 요조를 통해 인간의 추한 민낯이 고스란히 노출되고 '고발'당한다. 『인간 실격』에서 독자는 스물일곱의 나이로 청춘이, 삶이 멈춰버린 한 젊은이의 일대기와 마주한다. 요조는 전혀 악인이 아니다. 사기꾼도 아니며, 사회에 심각하게 해를 입히는 범죄자도 아니다. 그는 소박한 꿈을 지닌 한 인간이었을 뿐이다. '신록 가득한 폭포'는 요조가 이루지 못한, 이루어지지 않은 안타까운 꿈의 상징에 그치고 말았다. 자전거를 타고 요시코와 함께, 신록이 싱그러운 폭포를 보러 가는 꿈.

현실 세계에 내재하는 선과 악, 미와 추醜, 그 양면성을 꿰뚫고 있으면서도, 그와 세상 간의 소통은 가로막혀 있다. 소통의 부재와 단절. 이는 바로 우리 사회 곳곳에서 터져 나오는 온갖 갈등의 요인이 된 지 오래다. 요조가 그러안은 문제는, 개인의 고립이 갈수록 심화하는 오늘을 사는 현대인이 직면한 시대적 과제에도 맥이 닿아 있다. 인간으로서 인간 세상, 일상을 영위하는 삶 속에 녹아들지 못한 채 외톨이가 되어버린 한 아웃사이더의 절규가 공명을 불러일으키는 이유이다. 자포자기의 막다른 길목에서, 그는 신에게 물음을 던진다.

신에게 묻는다. 무저항은 죄인가?(142쪽)

무구한 신뢰심은, 죄인가.(128쪽)

그러나 그에게 신은 두려운 존재이다. 신의 사랑보다도 신의 벌을 믿는 그에게, 신앙이란 '단지 신의 채찍을 받기 위해 고개를 떨구고 심판대로 향하는 일'이다. 폐인이 된 요조는 '고뇌의 항아리'가 텅 비어, 더는 '고뇌할 능력'마저 상실하게 되는데, 그 배경에는 아버지라는 '그립고도 무서운 존재'의 죽음(부재)이 있다. '후기'에서 마담은 말한다. "그 사람의 아버지가 나쁜 거죠." 그런 다음,

> "우리가 알고 있는 요짱은 무척 온순하고, 아주 재치 있고, 그래서 술만 마시지 않는다면, 아니에요, 마신대도…… 신 같은 착한 아이였어요."(149~150쪽)

신 같은 착한 아이.* 어쩌면 작가는 이 마지막 한마디를 염두에 두고 작품을 쓴 건 아닐까. 그만큼, 마담의 말에 침묵으로 남겨진 소설가 '나'가 전하는 여운이 참으로 깊다. 요조는 '인간'으로 받아들여진 것이라 해도 무방한가. 그렇다면 '실격'이라는, 터무니없이 우울한 무게는 살짝 내려놓아

* 도널드 킨은 "he was a good boy, an angel"로 옮겼다. 『NO LONGER HUMAN』, translated by Donald Keene, New Directions, 1973.

도 좋지 않겠는가. '인간 실격'이라는 표현, 그리고 소설 『인간 실격』. 더욱이 요조와 '나'와 작가 다자이 오사무, 이 기묘한 삼각관계가 지닌 애매한 거리감은 『인간 실격』을 읽은 뒤에도, 마지막 문장 앞에서 서성이게 한다.

다자이 생애의 '총결산'으로서 『인간 실격』은, 세대를 뛰어넘어 독자들을 매료시키는 파급력을 보여준다. 다자이 오사무는 이미 '무뢰파'라는 틀에 머물러 있지 않다. 고도로 문명화된 사회적 연락망의 혜택은 아이러니하게도 그 어느 때보다 고립되어 고독해진 개인, 우리 자신의 모습과 맞닥뜨리게 되는 상황을 초래했다. 냉정한 사회구조 속에서 이해타산적인 인간관계를 형성하며, 어떻게든 적응해야만 살아남을 수 있는 현대인의 자화상. 그렇기에 세상에서 소외된 한 인간의 내밀한 희비극적 고백이 더더욱 절박하고 절실하게 근접해온다.

*

1948년 5월, 「인간 실격」 완성. 이 무렵 다자이는 심한 불면증과 흉부질환에 시달리고 각혈을 보이는 등 급속히 쇠약해졌다. 문단의 대가와 문화인을 향해 날 선 비판을 던진 「여시아문如是我聞」*은, 구술 집필로 진행되었다. 그리고 6월 13일, 『아사히신문』에 「굿바이」를 연재하던 중 삶을 마감했다.

유작이 된 「굿바이」는 다자이 만년의 작품들과 달리, 경쾌하고 유머 넘치는 필체를 보인다. 애인을 여럿 지닌 서른네 살의 잡지사 편집장이 절세 미녀를 대동해 가짜 부인 역할을 시키면서, 애인들에게 차례차례 굿바이를 고하는 이야기. 그러다가 나중엔 되레 자신이 아내에게 굿바이 당한다는 스토리를 구상 중이었다고 전해진다. 「인간 실격」을 마무리하기 무섭게 신작을, 더욱이 상반된 스타일의 작품을 시도했다는 데 작가의 의욕과 재능이 감지된다. 미완으로나마 다자이 문학의 풍부한 잠재력은 물론, 새롭게 전개될 가능성을 시사하기에 족하다.

단행본 『인간 실격』(「굿바이」 수록)은 작가의 사후, 7월에 출간되었다. 다자이가 존경한 선배 작가이자 번역가로, 장례위원장을 맡은 도요시마 요시오는 조사弔辭에서, 다자이가 추구한 것은 '무상無償의 아름다움'이며, "자기 자신을 작품 속에 던져 넣어 작품 하나마다 자기 자신을 난도질하듯 새겼다"라고 했다. 또 이렇게 덧붙였다.

"자네가 스스로 죽음을 선택한 것을, 여행 떠났다는 의미

* 불경의 첫머리에 놓이는 말로 '나는 이와 같이 들었다'라는 뜻. 석가가 죽은 후, 제자 아난이 스승의 가르침을 정리할 때 그 첫머리에 붙였다고 한다.

라고 우리는 이해하네. 그 여행지에서 자네는 살아 있네."

*

번역에 대하여.

『인간 실격』에서 흥미롭게 읽히는 대목으로, 반의어 맞히기 놀이가 있다. 원문에는 반의어, 동의어 등이 한자어와 영어(일본어 가타카나 사용)로 동시에 병기되거나, 각각 한자어나 영어 한 가지로 표기된다. 반의어 antonym, 동의어 synonym 등으로 쓰는 식인데, 이를 줄여 '안트' 또는 '시노님'이라고도 한다. 의미상 큰 차이는 없겠으나, 이러한 단어 사용의 미묘한 변화가 독자에게 전달되는 즐거움도 적지 않다고 여겨, 가능한 한 원문 표현을 그대로 살려 옮기고자 애썼음을 말해두고 싶다.

아울러 작품을 읽다 보면, 한 문장 내에 괄호( ) 표시되어 중층으로 삽입된 문장을 더러 만나게 된다(특히 초밥가게 설명 부분). 상당한 길이로 이어져 본문의 자연스러운 흐름을 방해하는 듯 보이기도 하지만, 굳이 괄호로 묶은 데에 작가의 의중이 깃들어 있지 않을까 하여 소중히 지켰다.

다자이 오사무의 첫 창작집 『만년』, 명실상부한 대표작 『사양』, 그리고 「옛이야기」를 포함해 작가의 중·후기 명작

단편들을 편역한 『달려라 메로스』. 이들 작품에 이어, 이번에 『인간 실격』을 우리말로 옮겨 내놓는다. 다자이 문학의 진면목은 이야기를 전하는 방식, 그 문장에 있음을 부인할 수 없으리라. 당연한 말이지만, 글맛에는 작가의 마음이 배어 있다. “그는 남을 기쁘게 하는 것을, 무엇보다도 좋아했다!”(『정의와 미소』)

귀한 지면을 기꺼이 허락해주신 문학과지성사 여러분께 감사드린다.

2022년 가을

유숙자

작가 연보

1909 6월 19일, 아오모리青森현 기타쓰가루北津輕군 가나기金木에서 신흥 상인이자 대지주인 부친 쓰시마 겐에몬津島源右衛門과 모친 다네 사이에 여섯번째 아들(열번째 자녀)로 출생. 본명은 쓰시마 슈지津島修治. 친모를 대신하여 유모, 이모의 손에 자라남.

1912 5월, 부친이 중의원 의원에 당선. 하녀 다케가 돌보기 시작, 머리맡에서 동화를 들려줌. 7월, 남동생 출생.

1916 4월, 가나기 제일심상소학교에 입학. 장난꾸러기 기질 발휘. 성적 우수하여 6년간 수석을 차지.

1922 소학교 졸업. 메이지 고등소학교에 1년간 다님. 부친이 귀족원 의원에 당선.

1923 3월, 부친이 도쿄의 병원에서 사망(52세). 4월, 현립 아오모리 중학교에 입학. 친척 집에서 통학.

1925 동인지 『성좌』를 창간해 희곡 발표, 1호로 폐간. 11월, 동인지 『신기루』 창간, 편집 겸 발행인. 이 무렵부터 작가의 꿈을 키우며 정력적으로 창작 발표.

1927 4월, 관립 히로사키弘前 고등학교에 입학, 친척 집에서 하숙. 7월, 아쿠타가와 류노스케芥川龍之介의 자살에 충격을 받음. 아오모리의 화류계에 드나들며, 게이샤 베니코紅子(본명 오야마 하쓰요小山初代)를 만남.

1928 5월, 동인지 『세포문예』 창간, 생가를 고발하는 소설 「무간나락」 발표. 아오모리의 동인지 『엽기병獵奇兵』에 참가. 고교의 신문잡지부 위원.

1929 남동생 사망(17세). 히로사키 고교 신문에 필명으로 작품 발표. 12월, 기말시험 전날 밤, 칼모틴 복용. 첫번째 자살 미수 사건.

1930 히로사키 고교 졸업. 4월, 도쿄제국대학 불문과에 입학. 공산당 동조 활동을 하는 한편, 작가 이부세 마스지井伏鱒二를 만나 사사받음. 6월, 셋째 형 사망(27세). 10월, 아오모리에서 오야마 하쓰요 상경. 큰형이 다자이의 분가 제적(의절)을 조건으로 하쓰요와의 결혼 인정. 11월, 도쿄 긴자의 카페 여급 다나베 아쓰미와 가마쿠라鎌倉 해안에서 약물(칼모틴) 동반 자살 기도, 여자만 사망. 자살방조죄로 추궁당했으나 기소유예. 아오모리 동인지 『좌표』에 경향소설傾向小說 연재, 미완.

1931 2월, 하쓰요와 같이 살게 됨. 좌익 활동 보안을 위해 거주지를 자주 변경.

1932 7월, 아오모리 경찰서에서 조사받고, 비합법 활동에서

멀어짐.

1933 단편 「열차」 발표(처음으로 다자이 오사무라는 필명 사용). 동인지 『해표海豹』에 게재된 「어복기魚服記」「추억思ひ出」이 호평을 얻음.

1934 「잎」 등 『만년晩年』에 수록될 작품들을 잇달아 발표. 12월, 동인지 『푸른 꽃』 창간, 「로마네스크」 발표. 『푸른 꽃』 1호로 해체, 이듬해 『일본낭만파』에 합류.

1935 3월, 미야코都 신문 입사 시험 실패. 가마쿠라의 산에서 자살 기도. 맹장염 수술 후 복막염을 일으켜 중태에 빠짐. 입원 중, 진통제 파비날에 중독. 5월, 『일본낭만파』에 「어릿광대의 꽃道化の華」 발표. 8월, 「역행逆行」으로 제1회 아쿠타가와상 차석, 문단 데뷔. 9월, 도쿄제국대학 제적당함. 10월, 가와바타의 아쿠타가와상 심사평에 항의하여 「가와바타 야스나리에게」 발표. 12월, 「지구도地球図」 발표.

1936 6월, 첫 창작집 『만년』 출간, 우에노에서 출판기념회. 10월, 「창생기創生記」「교겐의 신狂言の神」 발표. 스승 이부세의 권유로, 파비날 중독 치료를 위해 도쿄 무사시노 병원에 입원, 한 달 후 완치 퇴원. 입원 중 하쓰요가 다자이의 친척과 과실을 범함.

1937 3월, 아내 하쓰요와 칼모틴 동반 자살 기도. 4월, 「HUMAN LOST」를 『신초新潮』에 발표. 6월, 하쓰요

와 이별. 7월, 창작집 『20세기 기수』 출간.

1938 9월, 야마나시현 덴카차야天下茶屋로 가서 창작에 전념. 스승 이부세와 이시하라 댁 방문, 맞선.

1939 1월, 이시하라 미치코石原美知子와 결혼. 고후甲府시에 거주. 2~3월 「부악백경富嶽百景」, 3월 「황금 풍경」, 6월 「벚나무와 마술피리葉桜と魔笛」 발표. 7월, 창작집 『여학생女生徒』 출간. 9월, 도쿄 미타카三鷹로 이사. 단편집 『사랑과 미에 대하여』 출간.

1940 다나카 히데미쓰田中英光가 다자이를 방문, 이후 사사. 2월 「직소駈込み訴へ」, 5월 「달려라 메로스走れメロス」, 11월 「여치きりぎりす」 발표. 12월, 『여학생』으로 기타무라 도코쿠 문학상 차석. 원고 의뢰도 많고, 안정된 생활 속에서 다수의 가작 발표.

1941 「청빈담清貧譚」 「도쿄 팔경東京八景」 등 발표. 6월, 장녀 소노코園子 출생. 7월, 장편소설 『신新햄릿』 출간. 11월, 흉부질환으로 징용 면제.

1942 장편 『정의와 미소』, 창작집 『여성』 출간. 이 무렵부터 군사 교련을 받음. 10월, 모친이 위독하다는 소식에 가족 동반 첫 귀향. 12월, 모친 타계(69세).

1943 1월, 「고향」 발표. 9월, 장편 『우다이진 사네토모右大臣實朝』 출간.

1944 〈신新풍토기 총서〉의 한 권으로 『쓰가루津軽』 집필을

의뢰받아 5~6월 쓰가루 지방 여행. 7월, 전처 하쓰요 중국에서 사망(32세). 8월, 장남 출생. 창작집 『가일佳日』 출간, 영화화. 11월, 중편 『쓰가루』 출간.

1945 4월, 공습으로 자택 일부 파손, 고후의 처가로 피란. 7월, 공습에 처가 전소全燒, 가족을 데리고 고향 생가로 다시 피란. 9월 장편 『석별』, 10월 『옛이야기お伽草紙』 출간. 농지개혁에 따른 지주 제도 해체, 생가는 사양의 길로 접어들게 됨.

1946 전후 첫 중의원 선거에 큰형 당선. 6월, 「고뇌의 연감」, 희곡 「겨울 불꽃冬の花火」 발표, 『판도라의 상자』 출간. 7월, 조모 타계(88세). 9월, 희곡 「봄의 마른 잎春の枯葉」 발표. 11월, 고향 가나기를 떠나 상경, 미타카 옛집으로 돌아감. 문학청년과 지인 등 방문객 다수, 작업실을 따로 마련.

1947 1월, 「메리 크리스마스メリイクリスマス」 발표. 2월, 오타 시즈코太田静子의 집을 방문, 일기를 빌림. 그녀의 일기는 「사양斜陽」에 반영. 작가 오다 사쿠노스케 급사(34세), 장례식에 참석. 3월, 「비용의 아내ヴィヨンの妻」 발표. 야마자키 도미에山崎富榮를 알게 됨. 차녀 사토코里子(작가 쓰시마 유코津島佑子) 출생. 7월, 「포스포렛센스」 발표. 「사양」을 『신초』에 연재(8월, 9월, 10월). 8월, 창작집 『비용의 아내』 출간. 11월, 오타 시즈코와의 사

이에 딸 하루코治子(작가 오타 하루코太田治子) 출생. 12월, 『사양』 출간. '사양족'이라는 단어를 유행시키며 베스트셀러가 됨.

1948 1월, 각혈을 보임. 3월, 「미남자와 담배美男子と煙草」 발표. 3~5월, 「인간 실격」 집필. 『다자이 오사무 수상집』 출간. 「여시아문如是我聞」을 『신초』에 연재(5월, 6월, 7월). 4월, 『다자이 오사무 전집』 출간. 5월, 「앵두桜桃」 발표. 「인간 실격」 탈고 후, 『아사히신문』 연재소설 「굿바이グッド·バイ」 집필에 착수. 6월, 「인간 실격」 제1회를 『전망』에 발표(8월 완결). 6월 13일 늦은 밤, 도쿄 미타카의 다마강 수원지에 야마자키 도미에와 투신, 동반 자살. 만 39세 생일인 6월 19일 이른 아침, 시신 발견. 장지는 미타카 젠린지禪林寺. 사후 『아사히평론』에 「굿바이」 발표. 7월 『인간 실격』, 작품집 『앵두』 출간. 8월, 「가정의 행복家庭の幸福」 발표. 11월, 『여시아문』 출간.

1949 6월, 미타카 젠린지에 묘비 건립. 비석에는 '다자이 오사무太宰治'라고만 새겨짐. 이후 매년 6월 19일은 '앵두기忌'로, 다자이 애독자들이 이곳에 모임.